Friedrich Wieseler

Der Hildesheimer Silberfund

Erste Abtheilung

SALZWASSER
VERLAG

Friedrich Wieseler

Der Hildesheimer Silberfund

Erste Abtheilung

Unveränderter Nachdruck der Originalausgabe von 1869.

1. Auflage 2022 | ISBN: 978-3-37501-478-0

Verlag: Salzwasser Verlag GmbH, Zeilweg 44, 60439 Frankfurt, Deutschland
Vertretungsberechtigt: E. Roepke, Zeilweg 44, 60439 Frankfurt, Deutschland
Druck: Books on Demand GmbH, In de Tarpen 42, 22848 Norderstedt, Deutschland

DER

HILDESHEIMER SILBERFUND.

ERSTE ABTHEILUNG.

VON

FRIEDRICH WIESELER

MIT DREI LITHOGRAPHIRTEN TAFELN.

FEST-PROGRAMM

ZU WINCKELMANN'S GEBURTSTAGE AM 9. DECEMBER 1868.

HERAUSGEGEBEN VOM

VORSTANDE DES VEREINS VON ALTERTHUMSFREUNDEN IM RHEINLANDE.

GÖTTINGEN, 1869.

VANDENHOECK & RUPRECHT.

DRUCK VON W. FR. KAESTNER IN GÖTTINGEN.

DER

HILDESHEIMER SILBERFUND.

ERSTE ABTHEILUNG.

VON

FRIEDRICH WIESELER.

MIT DREI LITHOGRAPHIRTEN TAFELN.

FEST-PROGRAMM

ZU WINCKELMANN'S GEBURTSTAGE AM 9. DECEMBER 1868.

HERAUSGEGEBEN VOM

VORSTANDE DES VEREINS VON ALTERTHUMSFREUNDEN IM RHEINLANDE.

GÖTTINGEN, 1869.

VANDENHOECK & RUPRECHT.

DRUCK VON W. FR. KAESTNER IN GÖTTINGEN.

Ueber die am siebenten des Monats October an dem Galgenberge bei Hildesheim ausgegrabenen Silbersachen waren bald nachher einige Notizen und Ansichten in Hannoverschen Tageblättern mitgetheilt worden. Die Verfasser derselben betrachteten es als ganz ausgemacht, dass die aufgefundenen, dem Bereiche des Kunsthandwerks angehörenden Gegenstände aus der Zeit der Renaissance, von dem sechszehnten Jahrhundert unserer Aera an, stammen.

Ich begab mich in Folge einer privatim an mich ergangenen Aufforderung nach Hildesheim, um am 25. October den Fund in Augenschein zu nehmen. War doch die Möglichkeit, dass die gefundenen Gegenstände aus der Zeit des classischen Alterthums herrühren könnten, nicht von vorn herein in Abrede zu stellen. An die Wahrscheinlichkeit dieses Umstandes glaubte ich aber so wenig, dass ich mir vornahm, jedem, auch dem leisesten, Zweifel Thür und Thor offen zu lassen. Das Vorhandensein eines wirklich antiken Schatzes von der Quantität und Qualität des gehobenen musste als ein Umstand erscheinen, den sich Niemand auch nur hätte träumen lassen. Man bedenke, dass im früheren Königreich Hannover freilich Römische Münzen, ganz besonders silberne, und diese auch zuweilen in nicht unbedeutender, aber mit der des Hildesheimer Fundes gar nicht zu vergleichenden Quantität, und vereinzelte Anticaglien anderer Art ausgegraben, aber aus dem Bereiche der Gefässe und Geräthe von edlem Metall nur e i n kleines

1

Goldgefäss und eine kleine silberne Schale in Bruchstücken
gefunden sind, und die auch nicht im Fürstenthum Hildesheim,
sondern bei Bentheim und bei Lengerich im Amte Freren des
Fürstenthums Osnabrück[1]). Der Fund am Galgenberge ist aber
so bedeutend, dass ihm unter den ähnlichen diesseits der Alpen,
deren Ausbeute uns noch erhalten und genauer bekannt ist[2]),

---

1) Ueber das jetzt im Besitz des Fürsten von Bentheim befindliche Goldgefäss vgl. Wächter, Statistik der im Königreiche Hannover vorhandenen heidnischen Denkmäler, S. 132; über die Silberschale Fr. Hahn, Der Fund von Lengerich,
Goldschmuck und römische Münzen, S. 7 fg. u. 40 fg.

2) Das gilt nicht von zwei Funden, welche — der erstere quantitativ und
qualitativ, der andere quantitativ — sehr bedeutend gewesen sein müssen. Der
eine ist besonders aus Alessandro Visconti's Dissertaz. su di una nuova argen-
teria in den Atti dell' accad. rom. d'archeologia T. I, P. 2, pag. 303 fg. bekannt. Er wurde im J. 1810 in der Nähe des alten Falerii gemacht. Visconti
sagt über ihn p. 305: Quivi fu diseppellita una quantità grande di lavori d'argento per uso di mense, che si dicono ascendere a molte migliaja d'oncie, io
ebbi il piacere di osservarne 400 oncie portate di là da un argentiere; e vidi
che la materia era superata dal lavoro. Der ganze Fund wurde eingeschmolzen
bis auf wenige Stücke, über welche ausser Visconti zu vgl. Sickler in Curiositäten
der Vor- und Mitwelt, Bd. I, Weimar 1811, S. 435 fg., und v. Sacken u. Kenner,
Die Samml. d. K. K. Münz- u. Ant.-Cab., Wien 1866, S. 335, n. 43. — Von dem
anderen Funde hat erst in Folge der überraschenden Entdeckung bei Hildesheim
verlautet. Er wurde im J. 1628 zu Trier gemacht und, um die Subsistenzmittel
für die Jesuitennovizen zu gewinnen, eingeschmolzen. Es wird die meisten Mit-
glieder des Vereins von Alterthumsfreunden im Rheinlande ganz besonders in-
teressiren, wenn wir den kurzen Bericht über diesen Fund ganz mittheilen. Er
findet sich in der Epitome annalium Trevirensium qua antiquae urbis ac dioe-
cesis Trevericae, in politico et ecclesiastico regimine exordia, progressusque, ac
res bello ac pace administratae, brevi claroque ordine digestae sunt, cum aliis
Romani imperii gestis eidem conjunctis, per r. p. Jacobum Masenium e societate
Jesu, anno 1676, Augustae Trevirorum, typis et sumptibus Christophori Wilhelmi
Reulandt, p. 745 fg., und lautet also: Quo tempore Societatis Jesu domus Pro-
bationis Treviris magno aucta Novitiorum numero, et alimentis impar, divini
Numinis providentiâ reconditum in horti agro per Tyrones suffosso thesaurum,
necessitati levandae invenit. Vas lapideum inter eruta fodientium rudera com-
pertum, quod submoto operculo, cibariam claudere supellectilem visum. Lances

selbst der im Jahre 1830 zu Berthouville in der Nähe von
Bernay in der Normandie. gemachte nur in Betreff der Zahl der
Stücke (69, nicht: mehr als 100, wie man wohl angegeben hat,
indem man Theile von einem Ganzen als ein solches zählte) vor-
geht, während er ihm in anderen Beziehungen weit nachsteht[1].
Als im Jahre 1835 zu Pompeji vierzehn Silbergefässe auf einmal gefunden wurden, deren beide bedeutendsten mehreren der
bei Hildesheim ausgegrabenen nicht einmal an Kunstwerth
vorzuziehen sind, galt das als ein ganz besonderes Ereigniss[2].
Dort haben wir es aber mit dem durch und durch romanisirten

---

in hac magnae ex argento fuêre decem, illusae auro, variisque emblematum ex
antiquitate figuris, vna grandior XXIV librarum effigiem in umbilico Caesarei
capitis, alia venationem sparsis etiam ferarum per marginem formis exhibebat,
cum inscriptione AUDENTIA NICETIO. Tertia binas facies viri ac feminae in
medio sociabat, ut connubiale donum fuisse autumem. Quarta in umbilico pugiles,
in margine alia gentilium aenigmata complectebatur. Praeter has decem, octo
aliae lances concavae poeticis intus emblematibus, foris parergis illustratae; tum
situla aureis hominum ferarumque simulacris aspera, disci recentioris operis
gemini, quorum caelati margines quatuor sibi opposita exhibuêre capita, cum
epigraphe *Petrus et Paulus: Justus et Hermes*, ut priora sub gentilibus, haec sub
Christianis, et illa quidem nuptialibus *Audentiae et Nicetii* muneribus destinata
viderentur. Minora ex argento vasa omisero, universa supellex ad ducentas quin-
quaginta libras pervenit, et quatuor imperialium milibus aestimata suo fuit pon-
dere: majus longe habitura pretium, si integra cum figuris suis ad Principum
manus pervenisset, cùm temerè liquatione transfusa sit, ut *praesenti necessitati*
consuleretur, *quae optimi non semper consilii est capax.*

1) Den bequemsten Ueberblick über den Fund zu Berthouville bei Bernay
giebt nebst Anführung der Literatur über denselben M. Chabouillet in dem zu
Paris erschienenen Catalogue génér. et rais. des camées et pierres grav. de la
biblioth. impér. suivi de la descript. des autres monum. reposés dans le cab. des
méd. et antiq., p. 418 fg.

2) Arch. Intelligenzblatt (bei der Halle'schen Allg. Literaturzeitung) 1835,
S. 44 fg., und B. Quaranta, Di quattordici vasi d'argento disotterrati in Pompei
nel MDCCCXXXV ed ora messi in mostra nel R. Mus. Borbon., sec. ediz., Na-
poli 1837. Abbildungen der beiden wichtigsten Gefässe bei Quaranta a. a. O.
Taf. 1 u. 2, im Mus. Borbon. Vol. XIII, t. 49 (Denkm. d. a. Kunst II, 47, 596),
bei Zahn, Ornam. u. Gemälde u. s. w. III, Taf. 28.

Gallien, hier mit einer in ihrer vollen Blüthe plötzlich verschütteten Stadt Campaniens zu thun. Nicht einmal die glänzenden südrussischen Funde von ähnlichen Gegenständen (die
übrigens nie so viel Silber auf einmal geliefert haben) können
ein grösseres Interesse beanspruchen, als dieser Hildesheimsche.

Aber trotz meines Vorsatzes, allen, auch den geringsten
Spuren einer Herkunft des Silberfundes aus dem sechszehnten
Jahrhunderte nachzuforschen und Gehör zu geben; trotz einiger Eigenthümlichkeiten, die mir während der kurzen, von
dem um den Fund überall ausserordentlich verdienten Herrn
Hauptmann von Dobbeler bereitwilligst gestatteten und
unterstützten Besichtigung in Betreff einzelner Stücke in künstlerischer, so wie in mythologischer und antiquarischer Beziehung Bedenken erregten, gewann ich, nachdem ich mit der
verhältnissmässig geringen Anzahl von Inschriften, welche bis
zu meiner Anwesenheit oder während derselben entdeckt waren
und meist durch andere Hände für mich abgeschrieben werden
mussten, nach Göttingen zurückgekehrt war und die Detail-
studien begonnen hatte, bald die feste Ueberzeugung, dass es
sich um Producte der besten Römischen Kunstzeit, die schwerlich diesseits der Regierung Augustus' liegen, handele. Diese
Ueberzeugung entwickelte und begründete ich in einem am
Freitag den 30. October einem Freundeskreise ˙gehaltenen
Vortrage. In Folge desselben begaben sich drei meiner Collegen, welche zu einem Urtheil über die betreffende Frage nach
verschiedenen Richtungen hin besonders befähigt sind, Sonn-
tags darauf nach Hildesheim. Sie theilten mein Urtheil durchaus, und einer von ihnen hat mir noch gar manche inschriftliche Daten geliefert, durch welche dasselbe des Weiteren
bestätigt wird [1]).

---

1) Damit ist nicht gesagt, dass das inschriftliche Material, welches mir zu
Gebote stand, nicht genügt hätte, um in Verbindung mit den anderen Indicien

Die Zahl der gefundenen Gegenstände, welche als besondere Ganze oder als Theile eines solchen betrachtet werden können, beläuft sich wohl über 60. Wollte man nach einzeln gefundenen Stücken, die sich von einem grösseren Ganzen abgelöst haben, rechnen, so würde man natürlich eine noch grössere Zahl anzugeben haben.

Die Gegenstände passen sämmtlich zum Gebrauch bei Gastmählern und Trinkgelagen und in der Küche. Es handelt sich um Aufbewahrungs-, Vertheilungs- und Misch-Gefässe von grossen Dimensionen und schwerem Gewicht; um mehr oder minder grosse Schalen mit erhabenen Reliefs auf dem inneren Boden, die vermuthlich nur als Schaustücke auf den Tisch ge-

---

ein so entschiedenes Urtheil, wie ich dasselbe gleich bei der ersten mündlichen Aeusserung über den Fund abgab, zu begründen. In der That liefern die später gefundenen Inschriften auch nichts, was ein wesentlich neues Indicium bieten könnte: ein paar ganz unbekannte Namen von Silberarbeitern und etwa das Doppelte von den Gewichtsangaben, die ich zur Disposition hatte. Wer da behaupten wollte, dass nur die Stücke für antik gelten dürften, welche mit Römischen Inschriften versehen sind, der könnte sich auch jetzt noch das Vergnügen machen, mehr als die Hälfte der Stücke, welche sich als besondere nachweisen lassen, für modern zu erklären. Ja er hätte noch mehr Schein für sich, da es ja an sich immerhin auffallender sein kann, wenn in einem und demselben Funde bei einer grösseren Anzahl mit Inschriften versehener Stücke inschriftlose vorkommen, als wenn dieses bei einer geringeren statthat. Es stand mir aber gleich von vornherein fest, dass wenn auch nur etwa ein Dutzend der gefundenen Stücke sicher antik sei, der ganze Fund für antik gehalten werden müsse. – Wie ich meine Ueberzeugung, dass es sich um wirkliche Antiken handele, Bekannten gegenüber nicht geheim gehalten habe, um mir selbst die Priorität aller Entdeckungen im Einzelnen und Kleinen zu sichern, so habe ich auch nicht damit geeilt, jene für einen weiteren Kreis zu begründen. Dieses geschah erst durch einen Aufsatz, welcher in Nr. 521 der Neuen Hannoverschen Zeitung, der Abendausgabe für den 6. November abgedruckt ist. Am 7. November erschien über den Fund in der Kölnischen Zeitung ein Bericht von O. Benndorf (der genaueste, welcher unter den obwaltenden Umständen geliefert werden konnte) und am 8. Novbr. in der Weserzeitung ein Aufsatz von Fr. Unger.

setzt wurden[1]); um Trinkbecher verschiedener Art und Form, zum Theil mit dem herrlichsten Bilderschmuck, der dem Bacchischen Kreise angehört; um Schüsseln, einer etwa für Eier, einer anderen vielleicht für Pasteten; um grosse Teller mit oder ohne Verzierung auf dem Rande; um Casserolen oder Tiegel. Auch das Salzfass fehlt nicht. Eigenthümlich sind fünf, kleinen oblongen Präsentirtellern ähnliche, aber mit ganz niedrigen Füssen versehene Geräthe von zwei Arten, aber von fünffach verschiedenem, wenn auch dreimal nur um ein Geringes abweichendem Gewicht, welche man nicht übel als Teller zum Aufsetzen von kleinen Vögeln betrachtet hat. Zwei ovale Gegenstände, mit einer Auskehlung am oberen Rande und unterhalb mit Füssen versehen, die an Lichtscheerenschiffchen erinnert haben, konnten auch für Anderes als Untersätze dienen, oder auch als Platten für kleine essbare Gegenstände. Ferner sind die Ueberbleibsel von einem rundlichen Geräth vorhanden, welches man zunächst geneigt sein dürfte als eine Cista zu betrachten[2]), und — um anderer minder deutlichen Kleinigkeiten nicht zu gedenken — zwei sehr beachtenswerthe Geräthe, ein Dreifuss und ein Lampenträger[3]). Der Dreifuss ist noch ziemlich erhalten: man findet drei Füsse mit Klauen

---

1) Solche Schaustücke waren bei den Römern besonders beliebt; vgl. Martial. Epigr. IV, 78 (supposit. II in Schneidewin. ed. maj.): Auro non dapibus oneratur (al. ornatur) mensa, ministri Apponunt oculis plurima, pauca gulae.

2) Geschieht das mit Recht, so haben wir hier das dritte Beispiel einer, wenn auch nur bruchstücksweise auf uns gekommenen silbernen Cista; denn ausser dem ansehnlichsten Stücke dieser Art, der Cista Castellani (Mon. ined. d. inst. arch. Vol. VIII, t. 26, Schöne Annali XXXVIII, p. 186 fg., n. 70), enthielt auch das Museo Campana nach dem Catal. della classe III, ori, argenti u. s. w. p. 12, n. 264, eine piccola cista d'argento, die in das Mus. Napol. III. übergegangen sein wird.

3) Obgleich im Alterthum beide Geräthe nicht selten aus Silber, ja auch aus Gold vorkamen, kenne ich wenigstens kein silbernes Exemplar von ihnen, das auf uns gekommen wäre.

und drei Aufsätze mit je einer Herme des bärtigen Bacchus, ausserdem auch die Querstäbe, wenn auch nicht vollständig. Von dem Lampenträger ist leider nur der Fuss noch vorhanden [1]).

Dass diese Gefässe und Geräthe alle von Silber sind [2]), braucht kaum noch besonders bemerkt zu werden. Gar manche sind aber vergoldet, und bei einigen findet sich Arbeit in Email oder auch in eigentlichem Niello.

Sämmtliche gefundene Sachen passen in Betreff der Gegenstände der bildlichen Darstellungen und der Form bestens für die Zeit, in welche wir ihre Anfertigung versetzen [3]).

Auch die numerische Masse der aufgefundenen Stücke — vorausgesetzt, dass sie alle einer und derselben Person gehörten — und das ansehnliche Gewicht mancher unter ihnen spricht mehr für die Augusteische Zeit als gegen dieselbe. Die

---

1) Wenn nicht etwa ein Stück, das ich unter den Silbersachen gewahrte, zu dem oberen Theile des Lampenträgers gehörte.

2) Herr Dr. H. Hübner hieselbst hat durch Herrn Upmann aus Birkenfeld eine chemische Untersuchung der Gefässmasse anstellen lassen. »Ein sorgfältig durch Abreiben gereinigtes, blankes und anscheinend wenig angegriffenes Stück eines Gefässes, welches also sehr annähernd die Zusammensetzung der ursprünglichen Gefässmasse wiedergiebt, zeigte folgende Zusammensetzung. Die zur Untersuchung verwendete Menge = 0,5787 Gramm enthielt:

0,0184 Gr. oder 3,18 Prc. Gold

Chlorsilber	=	0,7288	„ „	94,78 „	Silber
Schwefelkupfer	=	0,0139	„ „	1,92 „	Kupfer
(Kupfersulphyr)					

99,88

und Spuren von Eisen. Die angegriffene Schicht der Oberfläche der Gefässe liess sich an einigen Stellen leicht von der wenig angegriffenen Grundmasse ablösen. Diese angegriffene Schicht bestand wesentlich aus Chlorsilber; nur geringe Mengen von Schwefel konnten in derselben nachgewiesen werden.«

3) Das darf ich auch wohl von den »Lichtscheerenschiffchen« und den »Vogeltellern« sagen, obgleich mir die betreffenden Geräthe durch kein anderes Beispiel aus dem Alterthume bekannt sind.

Sitten des dritten Jahrhunderts vor Chr., in welchem sich die
ersten Männer mit einem Schälchen und einem Salzfass von
Silber begnügten[1]), waren längst anderen gewichen. Seitdem
in Rom zwischen dem zweiten und dritten Punischen Kriege
der Gebrauch des argentum escarium und potorium aufkam,
hören wir in immer steigendem Masse von dem bedeutenden
Gewichte des Silberzeuges, welches auf den Tisch kam. Nicht
bloss das sogenannte Tafelservice und Trinkgeschirr nebst dem
Zubehör, welcher unmittelbar vor die Augen der Essenden und
Trinkenden kam, sondern auch das Küchengeschirr war in reichen Häusern von Silber, wie ausdrücklich bezeugt wird[2]).

Hiernach wollen wir nur noch drei Beweismittel für unsere
Ansicht zur Anwendung bringen: an erster Stelle die Inschrif-
ten, an zweiter sachliche Besonderheiten in den bildlichen
Darstellungen, an dritter das in technischer Hinsicht befolgte
Verfahren und kunsthistorische Erwägungen.

1. Dank der gefälligen Mittheilung meines Collegen Dr.
Benndorf liegen mir jetzt Copieen von 24 Inschriften an
verschiedenen Gefässen vor, auf deren Treue ich genügendes
Vertrauen zu setzen allen Grund habe. Von diesen Inschriften
enthalten einige Namen, welche entschieden Römische sind, die
meisten Gewichtsangaben und zwar fast durchaus nur in Abkürzungen und Chiffern. Kein Fund von Silbersachen hat so viel
Gewichtsangaben geliefert, dass er in dieser Beziehung auch

---

1) Vgl. Valer. Max. IV, 4, 3: In Gaji vero Fabricii et Q. Aemilii Papi
principum saeculi sui domibus argentum fuisse confitear oportet. Uterque enim
patellam deorum et salinum habuit: sed eo lautius Fabricius, quod patellam suam
corneo pediculo sustineri voluit: Plin. Nat. Hist. XXXIII, 153: Fabricius belli-
cosos imperatores plus quam pateram et salinum habere ex argento vetabat.
Schale und Salzfass dienten aber zum Opfern: Marquardt Röm. Privatalterthümer,
Abth. I, S. 327.

2) Mehr hierüber bei Marquardt a. a. O. II, S. 287 fg. Vgl. auch H. Weiss
Kostümkunde I, S. 1284 fg.

nur im Entferntesten mit dem in Rede stehenden verglichen
werden könnte[1]). Es bedarf nur der Kunde der Elemente der
Römischen Epigraphik, um zu sehen, dass die Formen der
Buchstaben zu der von uns angenommenen Zeit vollkommen
passen[2]). Auch unter den Gewichtsangaben habe ich bis jetzt
keine gefunden, welche aus anderen Gründen später gesetzt
werden müsste. Die Stelle, an welcher die Inschriften angebracht
sind, ist durchweg dieselbe, welche die der Beziehung nach
entsprechenden Inschriften auch sonst an unzweifelhaft antiken
Werken einnehmen[3]). Endlich entspricht auch die Art und
Weise, wie die Buchstaben und Zeichen ausgeführt sind, ganz
dem, was im classischen Alterthum, namentlich bei Werken
aus edlem Metall üblich war: sie sind entweder durch Punktiren oder durch Einritzen hergestellt. Lassen die Umstände
auch nur einem Gedanken an die Zeit der Renaissance Raum?

2. Von den beiden grösseren Schalen mit bildlichen
Darstellungen auf dem inneren Boden enthält die eine, Taf.
II, das Bild einer Minerva, welche auf einem Felsen sitzt,
indem sie den Kopf nach links hin wendet. Ihre trefflich

---

1) Die bei Bernay gefundenen Silbersachen bieten nur drei Beispiele von
Gewichtsangaben, vgl. Chabouillet a. a. O. n. 2821, p. 447, n. 2828, n. 2836.

2) Die Inschriften erlauben theils noch etwas über die Augusteische Zeit
hinauf, theils bis in die des Tiberius hinab zu gehen.

3) An dem Gefässe mit dem glockenförmigen Kelche (Taf. I) ist die Inschrift oben an dem äusseren umgebogenen Rande angebracht. Ganz ähnlich —
um nur dies zunächstliegende Beispiel beizubringen — an dem von A. Visconti
besprochenen Gefässe des bei Falerii gemachten Fundes; vgl. Atti d. acc. rom.
d'arch. a. a. O. p. 314: Sotto l'estremo orlo del vaso si legge scritto a piccoli
punti modestamente il nome dell' artefice M. *Marcus* Mascian *Mascianus* (doch
gewiss: Marci Masciani, und letzterer Name in Capitalbuchstaben) P. *pondo* VII
Septem S. *Semis*, e cinque punti indicanti le cinque oncie, come tanto avrà pe-
sato colla sua base quadrupede (welche dem Römischen Archäologen nicht mehr
zur Hand war). — An den übrigen Gefässen und Geräthen finden sich die Inschriften regelmässig am äusseren Boden, einmal auch an der Unterseite des Griffs.

2*

. ausgeführte Gewandung ist die gewöhnliche. Die Aegis liegt, schärpenartig umgeworfen, auf der linken Achsel. Das Haupt ist mit einem Helm bedeckt, auf welchem man drei Rossschweife gewahrt, deren mittelster eine Sphinx zur Unterlage hat, während unterhalb der beiden anderen, so viel sich schliessen lässt, Greifen angebracht sind. Mit dem linken Arm hält die Göttin den grossen runden Schild, der in der Mitte mit dem Medusenhaupt verziert ist; mit der rechten Hand fasst sie aber nicht die Lanze, sondern einen Gegenstand, den man schwerlich bei einer von den bisher bekannten antiken Darstellungen der Minerva finden wird. Gegenüber, rechts von der Göttin, ist ein zweiter Fels dargestellt, mit ihrer Eule darauf und einem Olivenkranze daran.

Betrachten wir nun den befremdenden Gegenstand in der Rechten der Minerva etwas genauer, so finden wir, dass er aller Wahrscheinlichkeit nach entweder ein Steuerruder oder einen Pflug andeuten soll[1]). Dass es sich um eine friedliche

---

1) An einen Pflug und ein Ruder habe ich gleich anfangs gedacht. Jener Auffassungsweise schloss sich auch Benndorf a. a. O. an. R. Schöne dagegen zweifelt an ihr in einem Aufsatze über den Hildesheimer Silberfund, welchen die Morgenausgabe der Berliner National-Zeitung vom 19. Decbr. 1868, also so zeitig bringt, dass ich ihn wenigstens noch während des Druckes dieser Schrift berücksichtigen kann. Als ich jenes Urtheil fällte, glaubte ich inzwischen nicht, dass der unterste Theil des Geräthes sich gerade so ausnehme, wie auf unserer Tafel. Dasselbe war mit Benndorf der Fall. Aber auch unter der Voraussetzung, dass die Abbildung vollkommen genau wäre, könnte ich nicht anders urtheilen, als ursprünglich von mir geschah, nur dass ich genauer von der Sterze eines Pfluges ($\dot{\varepsilon}\chi\acute{\varepsilon}\tau\lambda\eta$, stiva) mit einer besonderen Handhabe zum Anfassen ($\chi\varepsilon\iota\varrho o\lambda\alpha\beta\acute{\iota}\varsigma$) oder von dem Griffe eines Ruders ($o\dot{\iota}\alpha\xi$ und $\alpha\dot{\nu}\chi\acute{\eta}\nu$, $\varkappa\acute{\omega}\pi\eta$) zu sprechen haben würde. Man mag nachsinnen und nachsuchen, so viel wie man will — und ich glaube, dass ich das redlich gethan habe — nie und nimmermehr wird man ein vollständiges Geräth nachweisen können, welches dem uns vor Augen stehenden entspräche. Den Gedanken an ein gekrümmtes Blasinstrument, welcher dem Vernehmen nach in Berlin mit besonderem Beifalle aufgenommen ist, halte ich aus mehr als einem Grunde für durchaus unwahrscheinlich. Es lässt

Minerva handelt, liegt durch das Ganze der Darstellung klar
zu Tage[1]). Der Pflug kann sie als Göttin des Ackerbaues im

sich mit vollkommener Bestimmtheit sagen, dass so ein Ding, wie es unsere Abbildung zeigt, allein für sich gar keinen Zweck erfüllen kann. Indessen glaube
ich auch noch jetzt nach Vergleichung einer Photographie und eines Gypsab-
gusses, dass der Vorsprung unten, welcher sich ganz so ausnimmt, wie der Fuss
eines Geräthes, auf dem Originale nicht in der Weise, wie auf unserer Abbildung,
ausgedrückt zu sehen ist. Ein Beispiel einer Pflugsterze mit ganz ähnlichem
Griffe bei Toelken Erkl. Verzeichn. der ant. vertieft geschn. Steine der K. Preuss.
Gemmensammlung Kl. III, Abth. 2, n. 261. Allerdings ist der betreffende Gegenstand auf unserer Schale als aus Metall bestehend zu denken. Dieser Umstand
thut unserer Auffassungsweise inzwischen auch nicht den mindesten Eintrag, wenn
man nur annimmt, dass es sich um ein Götterfabrikat handele. So arbeitete
Vulcanus nach Apollon. Rhod. Arg. III, 232, 1285 einen Pflug ganz aus Adamas
(auch die ἐχέτλη war aus diesem Material, wie Vs. 1325 ausdrücklich gesagt wird)
für den Sol, den Vater des Aeetes. Bei Steuerrudern wird auch jetzt noch der
Griff aus Metall gearbeitet. Uebrigens beherzige man noch einen Umstand, der
sich mir ganz abgesondert von dem in Rede stehenden aufdrängte, nämlich den,
dass die ganze Haltung der Minerva, ihr Blick nach links hin, während sie in der
Rechten das jedenfalls besonders bezeichnende Geräth hält, auf die Annahme
führen, dass die Darstellung keine geschlossene, vollständige ist. Sicherlich hatte
die Schale mit der Minerva eine andere zum Pendant, welche abhanden gekommen ist. Vgl. die beiden Pendants Taf. III, n. 2 u. 3. Die bildliche Darstellung auf der entsprechenden Schale mochte die Erkennung des für uns schwer
zu deutenden Gegenstandes in der Rechten der Minerva um ein Bedeutendes er-
leichtern.

1) Ich will auf Einzelnheiten, wie den Olivenkranz als Friedenssymbol (Ovid.
Metam. VI, 101) kein besonderes Gewicht legen. Dass Minerva trotz ihrer
kriegerischen Rüstung mit der grössten Sicherheit als Göttin friedlichen Waltens,
insbesondere als Ἐργάνη, wie wir sie zunächst fassen möchten, betrachtet werden
kann, unterliegt keinem Zweifel. Sie pflegt auch in dieser Eigenschaft stets mit
dem Helm und mit dem Schilde oder der Lanze oder auch mit beiden Waffen
zugleich ausgestattet zu sein. Allerdings fehlt der Ergane oft die Aegis. So in
der Statue des Capitolin. Mus. bei E. Braun Vorschule der Kunstmythol. Taf. 62,
wenn die auf die Weglassung „des ständigen Attributs der Göttin" gebaute
Deutung als Ergane (Braun S. 40) das Richtige trifft, in den Reliefdarstellungen
am Forum des Nerva (Braun a. a. O. Taf. 63 und Denkm. d. alten Kunst I,
66, 346), so wie in der ebda II, 22, 238, auf der Bronzeplatte bei Millin Gal.

Allgemeinen oder noch specieller als Erfinderin des Pfluges bezeichnen. Dass sie im Alterthume als Göttin des Ackerbaues galt, ist zur Genüge bekannt; minder bekannt aber der sehr beachtenswerthe Umstand, dass drei, gewöhnlich nur von Fachgelehrten gelesene Schriftsteller des Alterthums ihr ausdrücklich die Erfindung des Pfluges zuschreiben[1]. Ist es nun glaublich, dass ein Künstler der Renaissancezeit diese specielle Kunde aus einem jener Schriftsteller geschöpft und im Gegensatze gegen das, was sich sonst auf antiken Bildwerken findet, auf seinem Werke zur Darstellung gebracht habe? Ganz ähnlich wird sich die Sache stellen, wenn die Beziehung des in Rede stehenden Gegenstandes auf ein Steuerruder passender befunden wird. In diesem Falle ist es das Wahrscheinlichste, dass es sich um Minerva als die Erfinderin und Lehrmeisterin des Schiffbaues handle, als welche wir sie freilich durch Schriftsteller und Bildwerke kennen lernen, aber nicht in der Weise, dass eine unmittelbare Beziehung auf dieselben oder ihre Vorbilder auch nur die geringste Wahrscheinlichkeit hätte[2].

myth. CV, 418, und auf dem Vasenbilde im Mus. Borbon. V. XIII, t. 57, um eine Anzahl von Werken geringer Dimensionen nicht zu erwähnen. Aber auch mit der Aegis kommt Minerva in der betreffenden Eigenschaft nicht so gar selten vor; vgl. die Vasengemälde bei Gerhard Auserl. Vasenb. III, 229, 230 = Overbeck Galler. her. Bildw. Taf. XXV, n. 3, in der El. d. mon. céramogr. III, 34, die Reliefs bei Millin Gal. myth. pl. XXXVIII, n. 139, und Campana Ant. op. in plast. t. V, den auf Goldgrund gemalten Boden eines Glasgefässes bei Perret Catacombes IV, 22, 14 = Ber. d. phil.-hist. Cl. d. K. Sächs. Ges. d. Wiss. 1861, Taf. XI. n. 1, den geschn. Stein bei Toelken Erkl. Verzeichn. Kl. III, Abth. 2, n. 286, etwa auch den in D. a. K. II, 22, 235.

1) Aristides Or. in Minerv. T. I, p. 13 Jebb., p. 20 Dindorf., Libanius Progymn. Vol. IV, p. 952 Reisk., und Servius z. Vergil. Aen. IV, 402. Vgl. Welcker Griech. Götterlehre II, S. 301 und Preller Gr. Mythol. I, S. 175, Anm. 4.

2) Vgl. Welcker a. a. O., Müller Handb. d. Archäol. §. 371, A. 6, und Müller-Wieseler Denkm. d. a. Kunst II, 22, 238, nebst dem Text.

Auch die Dreizahl der Rossschweife ist nicht zu über-
sehen, da sie, so oft sie auch von Griechischen Schriftstellern
erwähnt wird, doch auf den antiken Bildwerken nur selten
vorgefunden wird[1]).

Die anderen beiden mit erhabenem Bildwerk im Inneren
versehenen und vergoldeten Schalen, welche kleiner sind, als
die vorher erwähnten, entsprechen sich der Form, Grösse und
Decorationsweise nach durchaus. Auch die Reliefdarstellungen
sind ganz deutlich in Beziehung auf einander gearbeitet. Die
eine Darstellung, Taf. III, n. 3, besteht in der Büste der nach
rechts hin gewandten Cybele (denn so wird man die Göttin
wegen der Mauerkrone auf dem Haupte und des hinter ihrer
linken Schulter zum Vorschein kommenden Tympanum, dessen
sichtbare Fläche mit einem grossen Gestirn verziert ist, zunächst
zu benennen haben); die andere Taf. III, n. 2, in der Büste
eines jungen, unbärtigen, nach links hin blickenden Mannes,
dessen Haupt mit der Phrygischen Mütze bedeckt und dessen
Hals mit einem gewundenen Halsbande geschmückt ist.

---

1) So z. B. allem Anscheine nach auf dem Wiener geschnittenen Steine des
Aspasios Millin Gal. myth. pl. XXXVII, n. 132, und an der Vatican. Candelaber-
basis bei E. Braun Vorschule d. Kunstmythol. Taf. 69, noch sicherer auf den
Münzen von Orra bei Carelli-Cavedoni Num. Ital. vet. t. CXXI, n. 1—3; sicherlich auch auf der Karlsruher Vase mit der Darstellung des Parisurtheils, bei
Creuzer Zur Gall. d. alt. Dramat. = Deutsche Schr. Abth. II, Bd. 3, Taf. 1,
und Overbeck Galler. her. Bildw. Taf. XI, n. 1; ganz deutlich auf den Münzen
von Tarent, ebend. t. CXVI, n. 271, 272, 282, und auf der von Heraclea bei
Clarac Mus. de sculpt. T. VI, pl. 1003, n. 2768, auf dem Goldschmuck in Antiq.
du Bosph. Cimmér. pl. XIX, n. 1, vgl. auch n. 3, auf dem goldenen Ringe in
demselben Werke pl. XV, n. 15, auf dem auch aus der Krimm stammenden, in
den Annali d. inst. di corrisp. arch. Vol. XII, p. 15 beschriebenen und tav.
d'agg. A, n. 1 abgebildeten geschn. Steine in der antiken Goldfassung, auf
einer antiken Paste von bedeutender Grösse im Berliner Museum, vgl. Toelken Erkl. Verzeichn. Kl. III, Abth. 2, n. 292, bei der Bronzestatue zu Turin in
Clarac's Mus. de sc. T. III, pl. 462 E, n. 848 A. In allen Fällen mit Ausnahme
der drei ersten ist der Kopf der Minerva meist oder ganz von vorn dargestellt.

Ein Jeder wird nach der bisherigen Beschreibung die Büste auf den gewöhnlichen Genossen der Cybele, Attis, beziehen. Aber der ist nicht gemeint, sondern, wie der Halbmond hinter den Schultern und in Verbindung damit die in Sternen bestehende Verzierung der Mütze, auch der eigenthümliche Haarwurf, zeigen, der Deus Lunus[1]). Dieser ist bis jetzt, unseres

---

1) Zu meiner grossen Ueberraschung sehe ich, dass R. Schöne a. a. O. trotz des Halbmondes den gewöhnlichen Genossen der Cybele erkennen zu können glaubt. Ich weiss recht wohl, dass vor Zeiten selbst ein Mann wie J. Matth. Gesner den Attis und den Men für identisch hielt, glaubte aber, dass diese Ansicht längst abgethan sei. In dem Hymn. Orph. ad Musaeum Vers 40 heisst es: Μητέρα ϑ᾽ἀϑανάτων, Ἄτταν καὶ Μῆνα κικλήσκω. Dazu bemerkt Gesner: Mater deorum seorsim invocatur, deinde famulus illius Attin vel Attis, Mensis, Menotyrannus, ut in veteribus inscript. vocatur. Wer sähe aber nicht, dass vielmehr Cybele, Attis und Lunus angerufen, also Attis und Lunus als besondere Wesen, aber als unter einander, und namentlich mit der Cybele, verbundene betrachtet werden? Ebenso werden auch bei Lucian. Jup. tragoed. 8 ὁ Ἄττης καὶ ὁ Μίϑρης καὶ ὁ Μήν von einander getrennt. Menotyrannus aber (Reines. Syntagm. inscr. ant. ad. I, 39 et 40, Fabretti Inscr. ant. p. 666, van Dale de orig. ac rit. sacr. taurobol. p. 31 sq., de antiquit. p. 146, Christoph. Saxii Pericul. animadv. in class. marmor. syntagm. p. 53, Orelli Inscr. lat. n. 1900, 1901, 2264, 2353) d. h. Herr des Mondgottes, nicht, wenigstens nicht zunächst, der Monate ist Attis als Sonnengott, wie auch Belus als solcher Menis magister genannt wird in der Inschrift von Vaison (Vasio Vocontiorum) bei A. Deloye in der Bibl. de l'école des chartes, 1848, H. 4, p. 309, n. 5, und danach bei Becker, Jahrb. d. Ver. von Alterthumsfr. im Rheinlande XVIII, S. 117. Oder will man für den als Mondgott dargestellten Attis sich etwa berufen auf die beiden Gedichte, welche in neuerer Zeit bekannt geworden sind in S. Hippolyti Refut. omn. haeres., p. 168 fg. der Ausgabe von Duncker und Schneidewin? In dem ersten heisst es in Bezug auf Attis: σὲ καλοῦσι μὲν Ἀσσύριοι τριπόϑητον Ἄδωνιν, καλεῖ δ᾽ Αἴγυπτος Ὄσιριν, ἐπουράνιον μηνὸς κέρας Ἕλληνες, σοφίαν, Σαμοϑρᾷκες Ἄδαμνα σεβάσμιον u. s. w.; in dem anderen: Ἄττιν ὑμνήσω τὸν Ῥείης, — ὡς Πᾶν, ὡς Βακχεύς, ὡς ποιμὴν λευκῶν ἄστρων. In den betreffenden Worten der ersten Stelle ist ohne Zweifel zu interpungiren: καλεῖ δ᾽ Αἴγ. Ὄσιριν, ἐπουρ. μηνὸς κέρας, Ἕλληνες σοφίαν, Σαμ. u. s. w. Die Herausgeber irrten sehr, wenn sie decretirten: σοφίαν corruptum est. Man vergleiche nur Corp. Inscr. Gr. n. 6012, 6 oder Orelli-Henzen n. 6040: Ἄττει — συνιέντα τὸ πᾶν. Dagegen liegt es wohl auf

Wissens, mit der Cybele noch nicht so gruppirt gefunden.
Beide konnten aber von einem Künstler des Alterthums recht

---

der Hand, dass zwischen Ὄσιριν und ἐπουράνιον etwas ausgefallen ist. Wer wird
glauben, dass Osiris als das Mondshorn bezeichnet sei? Ohne Zweifel ist, wenn
nicht mehr, so jedenfalls ein Participium verloren gegangen, durch welches Osiris, der Sonnengott, als Lenker, Beherrscher des Mondes bezeichnet wurde, ganz
ebenso, wie Attis Menotyrannus heisst. Mit dem Umstande, dass bei Hippolytus
Attis und Osiris gleichgestellt werden, kann, da, wie dieser Schriftsteller kurz
vorher erwähnt, Attis auch als Kind der Cybele galt, verglichen werden,
dass Osiris' Mutter in Aegypten nach Plutarch. de Is. et Osir. 54 und de def.
orac. 36 mit dieser Göttin zusammengestellt wurde. Wie bei Hippolytus wird
Attis auch sonst mit Adonis und Dionysos gleichgestellt, vgl. Orac. ap. Socrat.
Hist. eccles. III, 23, p. 204, 34, Clem. Alexandr. Protrept. p. 16, 24, Lex. rhetor.
in Bekker. Anecd., p. 207, 25, Schol. f. Lucian. Jup. trag. 8, Vol. IV, p. 173
Jacobitz. Dass Osiris, Adonis, Dionysos als identisch galten, ist anderswoher
bekannt (Osann. z. Cornut. de nat. deor. p. 342 fg.). Ausserdem wird Attis
sonst identificirt mit Zeus (bei den Bithynern, Arrian. bei Eustath. z. Hom. Il.
p. 565, 5), wie mit Papas (Diodor. Bibl. III, 58, Hippolyt. a. a. O.), den Preller
Gr. Mythol. I, S. 511 bespricht, und, wie es scheint, mit Sabazios (Lex. rhet. a. a.
O.), worüber zu vergleichen M. A. Wagener Inscr. Gr. rec. en Asie min., Acad.
roy. de Belgique, Extr. de T. XXX. d. mém. couronn. et de sav. étrang. p. 5 fg.
Ueberall handelt es sich um Sonnengötter, denen auch der im zweiten Gedicht
bei Hippolytus mit Attis gleichgestellte Pan zuzuzählen ist. Ich weiss nun recht
wohl, dass ein paar von den erwähnten Sonnengöttern in so specielle Beziehung zum Monde gestellt wurden, dass sie auch als Mondgötter bezeichnet werden;
dazu gehört aber Attis nicht, trotz des Epitheton Menotyrannus. Wenn man
ihn durch die Mondsichel als Herrn über den Mond bezeichnen wollte, so durfte
der Strahlenkranz nicht weggelassen werden, wie denselben auch der Sonnengott
schlechthin, wo er als Herrscher über den Mond bezeichnet werden soll, an sich
hat, nicht bloss auf Denkmälern, die ganz unter dem Einfluss Asiatischer Reli-
gionen stehen, wie dem in Gerhard's Denkm. u. Forsch. 1854, Taf. LXV, n. 3,
und Darstellungen des Mithrasopfers, sondern auch auf rein Römischen, vgl.
Denkm. d. a. Kunst II, 75, 972, Toelken Erkl. Verzeichn. Kl. III, Abth. 1, n.
32 u. s. w.; und wie man ihn bei Mithras findet, freilich nicht an der Phrygischen Mütze auf Münzen von Trapezunt und Trapezopolis, wie Gerhard Denkm.
u. Forsch. 1854, S. 209, A. 2 nach Streber, Abhandl. d. K. Bayer. Akad. d.
Wissensch., 1835, Th. I, S. 185 fg. ganz irrthümlich annahm (L. Stephani Nim-
bus und Strahlenkranz S. 38, Anm. 3), aber doch in einigen wenigen Fällen

wohl verbunden werden, nicht bloss in sofern, als sie von denselben Völkerstämmen verehrte Gottheiten waren, sondern auch

---

(Stephani a. a. O. S. 121, 127 fg., L. Müller Descr. des intaill. et cam. ant. du
Mus.-Thorvaldsen p. 82, n. 650). Selbst ein entschiedener Mondgott, der
Mao, kommt auf einer Münze des Indoscythischen Königs Kanerki mit Strahlen-
krone und Mondsichel vor (Stephani S. 38, A. 2, S. 121), die inzwischen nach
Stephani's Annahme S. 118 nur als Andeutung der königlichen Würde des Gottes
dienen soll. — Aber — sagt man vielleicht — die in Rede stehende Büste auf der
Silberschale hat ja „den gestirnten Hut" (τὸν ἀστερωτὸν πῖλον), welchen Cybele
ihrem Liebling geschenkt haben soll (Sallust. de diis C. IV, p. 249, Julian.
Orat. V, p. 165 B.), und der zu dem ποιμὴν λευκῶν ἄστρων so wohl passt. Dagegen erwidere ich, dass dieses Attribut in der bildenden Kunst bei Attis ein
ausserordentlich seltenes ist, viel seltener als bei dem Sonnengotte Mithras, bei
welchem Mond und Sterne auch an der Chlamys vorkommen, und dass es sich
nahezu ebenso, wie auf unserer Büste, bei dem Deus Lunus findet für welchen
die Sternverzierung ja auch bestens passt. Ich kenne in der That nur ein
sicheres Beispiel des Sternattributs an der Mütze des Attis: an der Bronze im
Mus. Bresciano illustr., t. XLII, woselbst jene vorn mit einem ziemlich grossen
Stern geschmückt ist. Wenn der Erklärer dieses Bildwerks meint, dieselbe
Sternverzierung der Mütze komme bei Attis noch einmal vor, nämlich auf dem
von Caylus Rec. d'antiq. T. II, pl. 86 (soll heissen: 49), n. 3 herausgegebenen
Cameo (wo an der Phrygischen Mütze zwei kleine Sterne symmetrisch angebracht
sind), so scheint uns Caylus a. a. O. p. 148 den betreffenden Kopf mit grösserer
Wahrscheinlichkeit auf den Deus Lunus bezogen zu haben. Mehr hierüber wei-
ter unten in dieser Anmerkung. Mit Sternen bedeckt, wie in dem vorliegenden
Falle, und zwar mit ganz ähnlich gebildeten, erscheint die Phryg. Mütze des
Deus Lunus auf der Bronzemünze des Antiochos Epiphanes Dionysos in Liebe's
Gotha numar. p. 119, bezüglich welcher an einer Darstellung des Deus Lunus
um so weniger gezweifelt werden kann, als auf dem Revers der Syrische Buckel-
ochse dargestellt ist (D. L. steht — um von Münztypen mit dem Attribut des
Stiers oder Stierkopfes zu schweigen — auf einem Ochsen in der sehr interessanten Reliefdarstellung bei Texier Descr. de l'Asie min. T. I, pl. 52). Auch
die Büste auf dem Cameo des Neapolit. Mus. bei Hirt Bilderbuch für Mythol.,
Archäol. u. Kunst Taf. XV, n. 8, an deren Phryg. Mütze sieben Sterne sichtbar
sind, wird ein jeder Verständige mit dem Herausgeber als die des Deus Lunus
fassen. Migliarini wollte wegen der mit Sternen verzierten Phryg. Mütze selbst
einen Kopf ohne Andeutung des Halbmondes an einer unteritalischen Vase auf den
Mondgott beziehen (Ann. d. Inst. arch. Vol. XV, p. 392 fg. zu tav. d'agg. O, n.

deshalb, weil sie der Bedeutung nach einander nahe standen;
wie sie denn auch in einem wenig bekannten Griechischen
Gedichte zusammengestellt werden[1]) Der Cybele nämlich war

Q.), während ich der Ansicht bin, dass jener Kopf vielmehr als der des Adonis
zu betrachten ist (Das Dipt. Quirin. zu Brescia, S. 20, Anm.). L. Müller will
a. a. O. zu n. 651 eine tête coiffée d'un bonnet phrygien ornée d'étoiles et d'une
couronne entweder auf Mithras oder auf Men, Lunus bezogen wissen. Der
Schmuck an der Mütze des durch die Mondsichel gekennzeichneten Deus Lunus
auf der unter Commodus geprägten Münze von Juliopolis in Bithynien bei F.
Lajard Rech. sur Mithra pl. LXVII, n. 5, besteht augenscheinlich in Blättern,
etwa von Lorbeer, ausserdem aber dem Anscheine nach in einem grösseren
Sterne. Ein Lorbeerkranz, wie man annimmt, (oder ist's ein Olivenkranz?) allein
umgiebt die Phrygische Mütze des ebenfalls sicherstehenden Lunus auf der Münze
von Cius bei Neumann Popul. et reg. num. vet. ined. P. II, t. II, n. 14 (nach
welcher Abbildung es etwa so scheinen könnte, als habe der Gott, dessen Haar
ganz ähnlich behandelt ist, wie das des Kopfes auf der oben erwähnten Gemme
bei Caylus, unten am Halse eine Torques, woran indessen das Schweigen über
einen solchen Schmuck im Texte p. 9 Zweifel erregen muss). La Chau's und
Le Blond's Descr. des Pierr. grav. — Orléans bringt T. I, pl. 20, die Abbildung
eines blossen Kopfes auf einem (also jetzt in der Ermitage zu St. Petersburg
befindlichen) geschn. Steine, der wegen seiner mit Sternen besäeten Phryg. Mütze
von Le Blond p. 81 ohne Weiteres auf Lunus bezogen wird. Man könnte bei
dem Kopenhagener wie bei dem Petersburger Steine, ebensowohl wie es in Betreff des von Caylus herausgegebenen geschehen ist, auch an Attis denken.
Allein da bei dem Lunus die Mondsichel nicht durchaus nothwendig ist, wie
schon Neumann a. a. O. p. 10 bemerkte und jetzt durch noch mehrere Beispiele
bewiesen werden kann, so scheint es in der That, dass die betreffenden Gemmen-
bilder alle mit der grössten Wahrscheinlichkeit diesem Gotte zugewiesen werden.
Mit dem Vasenbilde ist es aber eine ganz andere Sache. Ich verschmähe es,
hienach mich noch auf die allgemeine Verbreitung der Deutung von Figuren
in Asiatischer Tracht mit der Mondsichel hinter den Schultern auf Deus
Lunus, die namentlich von Münzen und auch von geschnittenen Steinen her
bekannt sind (eine recht merkwürdige bietet das Relief bei Texier a. a. O. pl.
51), zu berufen. Für den vorliegenden Fall eine ganz vereinzelt dastehende
Ausnahme machen zu wollen, wäre um so misslicher, als die Verbindung des
Deus Lunus mit der Cybele nach dem von uns Beigebrachten unzweifelhaft ist.
1) Vgl. S. 16, Anm. 1, Anfang. Doch wird an der betreffenden Stelle Attis
nicht ausgeschlossen.

nach einer von der gewöhnlichen abweichenden **Ansicht** der Planet geheiligt, welcher seinen Namen von der **Venus** hat; man findet sie auf einzelnen Bildwerken unter **planetarischen** Gottheiten dargestellt, und — noch mehr — sie **wurde** auch in Beziehung auf den Mond gestellt und mit der **Thracischen** Hecate, einer bekannten Mondgottheit, identificirt [1]). *Auch* dies ist eine im Alterthume selbst nicht weit *verbreitete* Ansicht. Wird man nun annehmen wollen, dass einem modernen Künstler diese Dinge trotzdem bekannt waren und besonders beachtenswerth für seinen Zweck erschienen, oder etwa, dass er, der die Zusammenstellung von Cybele und Attis *von* antiken Bildwerken her kannte, aus mythologischer Unkunde einen dem Attis allerdings in einigen Beziehungen ähnlichen Deus Lunus, dessen Darstellungsweise ihm aus derselben Quelle bekannt war, anstatt jenes gab? Wird man nicht *vielmehr* zugeben müssen, dass in der Zusammenstellung von Cybele und Deus Lunus ein Indicium für ein wirklich antikes Werk enthalten sei?

Selbst das Halsband kann als Beleg für ein solches dienen. Es tritt uns hier zum ersten Male bei einer in die Griechisch-Römische Kunstmythologie aufgenommenen Gottheit entgegen. Schriftsteller und Bildwerke des classischen Alterthums kennen es sonst nur bei heroischen Personen der Sage oder bei Menschen des Alltagslebens [2]). Die Bildwerke, welche jene mit *ihm*

---

1) Vgl. Urlichs in den Jahrb. des Ver. von Alterthumsfreunden im Rheinlande XXIII, S. 53 fg., Ch. Lenormant Nouv. annal. de l'inst. archéol. T. I, p. 271 fg., Voss z. Homers Hymn. auf Demeter V. 25, Orelli Inscr. lat. n. 2353.

2) Euripides erwähnt im Cycl. Vs. 183 den Paris als τὸν χρύσεον κλοιὸν φοροῦντα περὶ μέσον τὸν αὐχένα, wo unter κλοιὸς trotz C. A. Böttiger Kl. Schriften, herausg. von J. Sillig, III, S. 455, ohne Zweifel das in Rede stehende Halsband gemeint ist. Mit demselben erscheint Paris dann und wann auf Bildwerken. Ausser Paris, Anchises, z. B. auf dem Hawkins'schen Bronzediskos, Denkm. d. a. Kunst II, 27, 293. Gewiss auch Hercules bei Omphale auf dem Wandgem.

geschmückt vorstellen, sind alle erst in neuerer Zeit aufgefunden. Dasselbe gilt von einem Bildwerke, welches das Halsband mit einer Eigenthümlichkeit zeigt, die bei dem Halsbande unseres Deus Lunus zu Tage tritt, nämlich der, dass der Schmuck vorn nicht geschlossen ist: ich meine das berühmte Mosaik mit der Darstellung der Alexanderschlacht im Nationalmuseum zu Neapel[1]). Auch in anderer Beziehung lässt sich genauere Kunde des Künstlers bei dem Halsbande des Deus Lunus nachweisen: dasselbe ist vergoldet und nach unten oder vorn dicker als nach oben oder hinten[2]).

3. Die Arbeit der Silbersachen ist durchaus die in der

---

bei Zahn a. a. O. III, 84. Unter den Personen des Alltagslebens sei zuerst erwähnt der Archigallus auf dem Relief des Capitolin. Mus. in den Denkm. d. a. K. II, 63, 817. Besonders bekannt ist das Halsband als Gallischer National-schmuck von der berühmten Statue des sogenannten sterbenden Fechters im Capitol (D. a. K. I, 48, 217), von den durch Brunn als Ueberbleibsel von dem Weihgeschenk des Königs Attalus II von Pergamum auf der Burg von Athen erkannten Statuen zu Venedig und Neapel, von den Reliefdarstellungen auf dem Sarkophag Amendola im Capitolin. Mus. (Monum. ined. d. inst. arch. Vol. I, t. 30 u. 31), auch von dem grossen Wiener Cameo (D. a. K. II, 69, 377). Vgl. sonst Birch The arch. journal Vol. II, p. 368 fg.

1) Wiederholt abgebildet, auch in den D. a. K. I, 55, 273.

2) Goldene Halsbänder, wie Euripides deren eins bei Paris erwähnt, waren in Asien gewiss die Regel. Auch unter den in Europa gefundenen Torques sind weit mehrere von Gold (wie die bekannte von Manlius Torquatus erbeutete und die 1470, welche P. Cornelius Scipio den Bojern nahm, Liv. XXXVI, 40) als von Silber, vgl. Adr. de Longpérier Bullet. archéol. de l'athén. Fr. 1856, p. 41 fg., Chabouillet a. a. O. n. 2567, vgl. auch 2691, Mus. des thermes et de l'hôtel de Cluny, Paris 1858, n. 2586, Cat. d. Mus. Campana, Cl. III, p. 11, n. 213—215, Arneth Die ant. Gold- und Silber-Monum. d. K. K. Münz- u. Ant. Cab. zu Wien S. 30 fg., S. 79, n. 91, S. 80, n. 100—103, S. 86 fg. und Beilage VI, 2 u. 3, v. Sacken u. Kenner a. a. O. S. 334, n. 30. 34, vgl. auch S. 340, n. 310. 311, S. 347, n. 84 u. 85, S. 348, n. 86, Worsaae Nord. Oldsager in K. Mus. i Kjö-benhavn Taf. III, n. 457, Birch a. a. O. — Die oben im Texte an zweiter Stelle berührte Eigenthümlichkeit der Torques des Deus Lunus findet sich auch bei dem Archigallus des Capitol. Reliefs.

Zeit des Alterthums, an welche wir denken, gewöhnliche. Es handelt sich um gegossene, um gehämmerte, um getriebene und etwa auch ciselirte Werke.

Zu der letztgenannten Art gehört alles besonders in die Augen fallende schmückende Bildwerk an den meisten und schönsten der Trinkbecher, an dem glockenförmigen Kelche des Kraters und im Innern der vier Schalen. Dasselbe ist meist auf getriebenen Blechen, crustae, ausgeführt. Ueberhaupt ist alles erhabene Bildwerk des Hildesheimer Fundes, so viel wir uns erinnern, von getriebener Arbeit[1]). Von Reliefs, die in massivem Silber ciselirt wären, zeigt sich hier ebensowenig eine Spur, wie von jetzt sogenannten emblemata d. h. massivem, besonders verfertigten Schmuck, welcher eingelassen oder aufgesetzt wurde[2]). Alle drei Weisen der Arbeit in Metall wur-

1) Von dem interessanten Hochrelief auf dem horizontalen Rande des einen flachen Tellers, bestehend in Blattarabesken und papageiartigen und anderen Vögeln und Eichhörnchen (einem auf den antiken Bildwerken nur äusserst selten vorkommenden Thiere, s. meine Abhandl. über das Nationalmuseum zu Stockholm im Philologus Bd. XXVII, S. 237) dazwischen, wird mir berichtet, dass es von unten durchgestempelt und nachciselirt ist.

2) So fassen den Begriff des Wortes emblema Becker-Rein Gallus II, S. 321 fg. d. 3. Ausg., Ad. Michaelis Das Corsinische Silbergefäss S. 4 und Marquardt a. a. O. II, S. 275. Früher verstanden Manche darunter in das Innere von Schalen eingelegte Bleche. Zu jener Erklärung passt recht wohl, dass der Scholiast z. Juven. I, 76, stantem extra pocula caprum als emblematicum opus betrachtet; aber nicht Plinius' Aussage Nat. hist. XXXIII, 156: Ulixes et Diomedes erant in phialae emblemate Palladium subripientes. Dass Cicero Acc. in Verr. IV, 23, 52, wenn er, von argentum caelatum redend, sagt: crustae aut emblemata detrahebantur, zwischen crustae und emblemata unterscheidet, wird allgemein angenommen; aber es ist sehr fraglich, ob so wie Rein, Michaelis und Marquardt meinen. Salmasius Plinian. exerc. in C. Jul. Solini Polyhistor. p. 736 E bemerkte: emblemata videtur dixisse de signis ac sigillis extantibus: crustas de prostypis. Ihm folgt Furlanetto bei Forcellini s. v. crusta: crustae riporti di basso rilievo, emblemata vero di alto rilievo. Wiederum anders urtheilte Stephanus nach Le Prévost's Angabe: Crustae et emblemata differunt quod crustae tectoria quaedam erant et tanquam bracteae quaedam illitae et laminae

den ohne Zweifel von den Toreuten oder Cälatoren nicht bloss in Griechischer, sondern auch in Römischer Zeit geübt[1]). In

---

inductae inaurataeque. Emblemata preciosiora erant et operis exquisitioris exemptiliaque erant, cum illigata essent vel adfixa. Crustae vero, etsi revelli poterant, tamen firmius inhaerebant. Den Ausdruck crustae braucht Cicero nur an jener Stelle; sonst spricht er stets von emblemata. Zuletzt heisst es C. 24, 54: Posteaquam tantam multitudinem collegerat emblematum, ut ne unum quidem cuiquam reliquisset, instituit officinam Syracusis in regia maximam. — Tum illa ex patellis et turibulis quae evellerat, ita scite in aureis poculis illigabat, ita apte in scaphiis aureis includebat, ut ea ad illam rem nata esse diceres. Hieraus geht doch wohl hervor, dass entweder die hergebrachte Lesart oder Erklärung in IV, 23, 52 nicht die richtige ist, oder Cicero an dieser Stelle das Wort emblema nicht in demselben Sinne gebraucht wie später, sondern in einem engeren. Dann kann es sich recht wohl um die von Rein, Michaelis und Marquardt angenommene Bedeutung handeln. Dass diese für das Worte mblema zulässig ist, unterliegt keinem Zweifel; dass aber die Wörter crusta und emblema in ganz gleicher Bedeutung gebraucht wurden, die emblemata auch in crustae bestanden, steht eben so sicher. Salmasius' und R. Stephanus' Unterscheidung lässt sich nicht halten. Die Lateinischen Ausdrücke für das Befestigen und Losmachen sind wesentlich dieselben. Mehr über diese Sache nächstens anderswo.

1) Die zweite und dritte kommen an den uns erhaltenen genauer untersuchten Werken verhältnissmässig selten vor. Beide gewissermassen neben einander, so jedoch, dass die zweite nur zur Aushülfe dient, auf der von Thiersch in den Abhandl. d. philos.-philol. Cl. d. K. Bayer. Akad. d. Wissensch. Bd. V, Abth. 2, München 1849, S. 107 fg. herausgegebenen, zuletzt von Friederichs Bausteine zur Geschichte d. Griech.-Röm. Plastik S. 282 fg., n. 497 besprochenen Trinkschale, welche mit Recht als Griechisches Werk betrachtet wird. Die erste Weise auch an dem Becher aus Herculaneum bei Tischbein Homer nach Ant. Taf. 3 = Millin Gal. myth. pl. CXLIX, n. 549, Millingen Anc. ined. mon. II, pl. 13, Zahn Orn. u. Gem. III, Taf. 28, wenigstens nach Millingens Angabe a. a. O. p. 26, welcher mit Recht mehr Beachtung gewidmet wird als der Hirt's in Böttiger's Amalthea I, S. 250, welcher das Relief für getrieben erklärt; ferner an dem von A. Visconti der Röm. Arch. Akademie vorgelegten Trinkbecher des Fundes von Falerii, wie jener ausdrücklich angiebt a. a. O. p. 107, gewiss einem Producte Griechisch-Römischer Kunstübung, und an dem aus der Moldau stammenden Eimer der K. Ermitage zu St. Petersburg, einem sicherlich nicht über das zweite Jahrhundert n. Chr. hinaufgehenden Werke, bei dessen Besprechung im Text der Antiq. du Bosphore Cimmér. T. I, p. 261, Anm. 2, zu

dem Hildesheimer Funde trifft man aber in Verbindung mit der ersten ein Verfahren so häufig angewandt wie nirgend anderswo, nämlich das, dass die crustae in Gefässform, wie die der Trinkbecher und des Kelchs des glockenförmigen Kraters, mit einem massiven Einsatz gefüttert sind; und dieses Verfahren, welches wesentlich auch den Zweck hatte, die Gefässe für den practischen Gebrauch dauerbar zu machen[1]), scheint in der That erst kurz vor und in der ersten Kaiserzeit besonders in Aufnahme gekommen zu sein[2]).

---

pl. XXXIX bemerkt wird, dass die Ermitage ausserdem noch zwei Silberschüsseln von derselben, schwer auszuführenden Arbeit besitze, die eine aus Römischer, die andere aus Sassanidischer Zeit. Vgl. auch Chabouillet a. a. O., n. 2821. — Von den »emblemata« ist nur ein Beispiel bekannt, nämlich das Bildwerk an dem Friese der prächtigen Silbervase von Nikopol in dem Compte-rendu de la commission impér. arch. pour l'ann. 1864, St. Pétersbourg 1865, vgl. namentlich Taf. III, n. 1 u. 2. Die Figuren desselben sind, wie Stephani im Text S. 13 fg. bemerkt, in sehr hohem Relief gebildet, so dass viele Theile derselben die vollständige Rundung der Körper haben; jede ist einzeln aus massivem Silber gegossen, dann vergoldet und auf die Fläche der Vase aufgelöthet.

1) S. Michaelis a. a. O. S. 3, und schon A. Le Prévost Mém. de la soc. des antiq. de Normandie, ann. 1831, 1832 et 1833, T. I, p. 122. Dazu kommen indessen noch andere Gründe, die, welche A. Visconti hervorhebt, indem er über den Fund von Falerii a. a. O. p. 307 sagt: Quante belle coppe erano ivi, v'erano frammenti delle parti esterne e le parti interiori di quei doppj vasi, che l'insigne Vinckelmann credette che in Greco si nominassero ἀμφίθετος φιάλη, doppia tazza, così fatte perchè il concavo della cesellatura non deturpasse la nitidezza dell' interno, und, der, welchen Le Prévost a. a. O. p. 121 beibringt, indem er die cuvette mobile eines der Gefässe von Berthouville bezeichnet als précaution indispensable pour qu'il pût contenir des liquides: On conçoit en effet que la feuille d'argent qui formait ses parois devait être la plus mince possible dans les parties destinées à être repoussées au marteau, afin de faciliter le travail de l'artiste. Cette opération pouvait entraîner quelques fêlures, et la pesanteur des liqueurs incluses eût suffi pour en occasionner de plus graves.

2) Die obige Vermuthung mag weiterer Untersuchung empfohlen sein. Le Prévost's Ansicht (a. a. O. p. 122): il a fallu recourir à des doubles fonds aussitôt qu'on a voulu faire usage de vases ciselés avec quelque delicatesse, für die

Die Befestigung der crustae, der Henkel und der Fussgestelle, welche besonders gearbeitet waren, ist, so viel wir haben
gewahren können, stets durch Löthung hergestellt[1]). Dabei

---

er auch Winckelmann's jetzt allgemein als irrig erkannte Meinung, nach welcher
das in Rede Stehende schon in Homerischer Zeit üblich gewesen sein soll, ver-
anschlagt, kann nicht auf Beistimmung rechnen. Das Verfahren wurde zuerst
beobachtet an dem Corsinischen Gefässe, dann bei dem Funde von Falerii an
mehreren Exemplaren, vgl. A. Visconti a. a. O., weiter auch bei dem zu Pompeji und bei dem zu Berthouville (s. oben S. 5) gemachten, dort an zwei, hier
an sieben Stücken.

1) Eine sehr geringe und daher mühsam zu untersuchende Menge von ungefähr 0,1 Gramm Loth der Hildesheimer Silbergefässe besteht nach Dr. Hübner aus
Zinn, welches zum Theil im Lauf der Zeit in die schwer auflösbare, krystalli-
sirte Zinnsäure übergegangen ist. Dem Zinn war etwas Silber und Kupfer bei-
gemengt. Diese Bestandtheile der Gefässmasse sind wahrscheinlich beim Ablösen
des Loth's von den Gefässen abgekratzt worden und so zum Zinn gekommen.
Endlich enthielt das Zinn sehr kleine Mengen Eisen, eine fast nie fehlende
Verunreinigung der Metalle, und etwas Chlor, welches jedenfalls erst aus der
Erde aufgenommen worden ist. Alte Schriftsteller von dem älteren Plinius an
bezeichnen das Löthen durch plumbare, vgl. Marquardt a. a. O. S. 275, Anm.
1511. Ob man deshalb grade oder ausschliesslich an Blei zu denken habe, wie
dieser Gelehrte mit Michaelis a. a. O. S. 4 thut, ist uns sehr zweifelhaft. Man
bedenke, dass der Ausdruck plumbum keinesweges allein auf das Blei beschränkt
war. Dieses nannte man, genauer sprechend, plumbum nigrum, während man
unser reines Zinn durch plumbum candidum oder album bezeichnete (Plin. Nat.
hist. XXXIV, 156 u. 158, Abeken Mittelitalien, S. 382 fg.). — Nach einer Mittheilung Unger's, die aber auch in Hildesheim gehört wurde, war ursprünglich die
innere Höhlung des Reliefbildwerks mit einer gelblichen Masse, vielleicht Mastix,
gefüllt. Dieses erinnert an das, was O. Jahn Die Lauersforter Phalerae, Bonn
1860, S. 7, über die betreffenden Phalerae berichtet: „Die Höhlung der Reliefs ist
mit Pech ausgefüllt, und durch dieses Bindemittel wie durch einfache Umbiegung
des überstehenden Randes sind dieselben auf eine untergelegte Kupferplatte befestigt." Sollte das Pech nur als Bindemittel gedient haben? Mit der Masse in
den Hildesheimer Gefässen war das sicherlich nicht der Fall. Man kann sich dieselbe schwerlich anders erklären, als so, dass man annimmt, sie habe hauptsächlich
die hochgetriebenen Reliefs vor Beschädigung durch Eindrücken bewahren sollen.
Ist das aber richtig, so wird derselbe Zweck auch für das Pech an den Phalerae

kommt auch der von mittelitalischen Cisten und anderswoher
bekannte Umstand vor, dass durch die angefügten Nebentheile
bildliche Verzierungen an dem eigentlichen Körper des Gefässes oder Geräthes verdeckt sind[1]).

Die gelegentlich schon erwähnte Vergoldung ist aus der
in Rede stehenden und früherer Zeit so bekannt, dass es überflüssig wäre, darüber im Allgemeinen zu handeln. Wir bemerken hier nur, dass das an Gefässen und Geräthen, die
mehr oder weniger derselben Zeit angehören, beobachtete Verfahren, an den nackten Theilen menschlich gestalteter Figuren
Vergoldung nicht anzubringen, wohl aber an der Gewandung,
den Attributen, den Ornamenten und sachlichen Gegenständen,

---

anzunehmen sein. — R. Schöne macht die Bemerkung, dass das Cybele-Relief
mit Blei ausgegossen sei.

1) So z. B. an dem glockenförmigen Kraterkelche (Taf. I.). Ich selbst habe
mich in Hildesheim davon überzeugen können, dass die losgelösten Henkel, welche
unsere Abbildung zeigt, zu dem Gefässe gehören, indem zu beiden Seiten desselben genau zu der Henkelform passende Löthmarken sichtbar sind. Dasselbe
fand Herr Carl Becker in Berlin, nach dessen Angaben die Henkel auf uns. Taf.
an dem Körper des Gefässes angebracht sind. Er meint deshalb in Uebereins-
stimmung mit einem Berliner Bildhauer, „dass die Henkel nicht zur ursprünglichen Arbeit gehören, sondern später hinzugefügt sind; denn hätte der Silberarbeiter sich Henkel hinzugedacht, so würde er sie gewiss nicht auf die Verzierung
gesetzt, sondern sie damit in der Composition verbunden haben". Die Archäologen, welche die ähnlichen Erscheinungen an den Cisten in Betracht gezogen
haben, urtheilen darüber anders; vgl. O. Jahn Die Ficoroni'sche Cista S. 41 und
H. Brunn Ann. d. inst. arch. XXXIV, p. 19. Es handelt sich auch hier gewiss
um eine Fabrikarbeit, an welcher sich mehrere mit den verschiedenen Theilen
beschäftigte Arbeiter zu derselben Zeit bethätigten. Wenn Friederichs a. a. O.
S. 424, zu n. 713, die an dem schon oben S. 23 fg., Anm. 1 erwähnten Silber-
bereimer aus der Moldau (Ant. du Bosph. Cimm. pl. XXXIX) zu Tage tre-
tende „Rücksichtslosigkeit, mit der die Henkelbefestigung in die Darstellung
eingreift" als charakteristisch für den halbbarbarischen Ursprung des Werkes
betrachtet, so ist er damit doch wohl zu weit gegangen.

sich auch hier findet[1]), und dass es auch an Beispielen der so beliebten chrysendeta[2]) nicht fehlt.

Von den Ornamenten sind einige gravirt. Dabei kommt die ebenfalls schon oben angedeutete Anwendung der Emaillirung oder Niellirung vor[3]).

Die Zulässigkeit der Arbeit in Email für die Zeit, um welche es sich handelt, bedarf hier keiner Belege. In Betreff des Niello aber scheint es nicht ganz überflüssig zu sein, ausdrücklich zu bemerken, dass auch dieses mit nichten auf spätere Verfertigung hinweist[4]).

---

1) Man vgl. die Schale von Aquileja nach Arneth a. a. O., Beilagen, Taf. 1; über die Pompejan. Gefässe Quaranta a. a. O. p. 11 fg., über die von Berthouville im Allgemeinen Raoul-Rochette Mon. inéd. p. 274.

2) Vgl. Marquardt a. a. O. II, S. 288. — Auch Silberreliefs auf vergoldetem Grunde kommen vor.

3) Da ich während meiner Anwesenheit in Hildesheim nicht genauer hatte untersuchen können, welches von diesen beiden Verfahren zur Anwendung gebracht worden sei, so liess ich über diesen Umstand bei Herrn Carl Becker in Berlin nachfragen, der nach Zuziehung anderer Kenner mir Folgendes antwortete: einer der letzteren habe die Ansicht, dass nur Email vorkomme, ein anderer jedoch, ein namhafter Mineraloge, sei der Meinung, dass das grüne Email schwefelsaures Silber sei. Jener wolle freilich den Glasbruch daran sehen können, aber auch er, Becker, glaube, dass es Metall sei, denn die grüne Masse sei etwas erhaben und fülle nicht ganz die eingegrabenen Stellen aus. Auch in den wenigen anderen Fällen ist Becker geneigt, an schwefelsaures Silber zu denken, ohne jedoch eine bestimmte Entscheidung geben zu mögen. R. Schöne spricht von schwarzem Email.

4) Marquardt a. a. O. II, S. 283 kennt nur e i n sicheres Beispiel der Anwendung des eigentlichen Niello, nämlich an der aus Bronze gegossenen Gürtelschnalle, welche O. Jahn Röm. Alterthümer aus Vindonissa, in den Mittheil. d. antiquar. Gesellsch. in Zürich, Bd. XIV, H. 4, Taf. V, n. 7—11 abbildlich mitgetheilt und S. 94 (4), Anm. 4, besprochen hat. Semper Der Stil in den techn. u. tekton. Künsten Bd. II, S. 564, beruft sich für die Behauptung, das Verfahren sei den Alten bekannt gewesen, leider nur ganz im Allgemeinen auf das Mus. Borb. Das älteste mir bekannte Beispiel von Niello findet sich an einer grossen Silberschüssel im Saale der Alterthümer des Cimmer. Bosporus in der Ermitage zu St. Petersburg, n. 577, welche man über das dritte Jahrhundert v. Chr. hin-

Wie der berühmteste aller Toreuten des Alterthums gern Paare von Gefässen arbeitete, und andere Griechische Künstler dasselbe thaten, und, wie dieser Umstand, nach dem Funde zu Pompeji, namentlich aber nach dem zu Berthouville zu urtheilen, auch in Römischer Zeit statthatte, so finden sich von ihm auch in dem Hildesheimer Funde Beispiele[1]).

---

auf datirt. Sehr interessant und zur Vergleichung besonders passend ist, was A. Le Prévost Mém. de la soc. des antiq. de Normand. a. a. O. p. 151, zu pl. X et XI, über eins der Gefässe von Berthouville berichtet: La plupart des ornements de ce bas-relief sont dorés; le fond l'est aussi dans son entier, et de plus il est semé de petits enfoncements noire et irrégulièrement orbiculaires, exécutés par un procédé tout-à-fait semblable à celui des nielles du XVe. siècle, ainsi que notre savant ami, M. Duchesne aîné, a bien voulu prendre la peine de le vérifier. Le trône échiqueté sur lequel est assis le dieu présente des quarrés de même nature alternant avec les quarrés dorés. Il en résulte donc ce fait très-important que le procédé employé dans les nielles était connu de l'antiquité, non comme moyen de reproduction d'une planche gravée, mais comme pouvant aider à l'effet d'un travail de ciselure et fournir une puissante ressource à ce système polychrome si cher aux artistes grecs. Einen niellirten Bronzering des Berl. Mus. erwähnt Toelken Erkl. Verz. Kl. III, Abth. 3, n. 1164; der Verf. des Cat. d. cl. III der Samml. Campana, p. 4, n. 136, ein frammento d'argento con iscrizione niellata da due parti; andere Beispiele von Niello unter den toreutischen Arbeiten der Sammlung zu Wien bei v. Sacken u. Kenner a. a. O. S. 336, n. 48, u. S. 338, n. 87, 91, 93, 104 (vorausgesetzt, dass von diesen Gelehrten der Ausdruck Niello im eigentlichsten Sinne gebraucht ist, wie ich kaum zweifele, obgleich Arneth Gold- u. Silber-Monum. S. 78, z. n. 73 über den ersten Fall, in welchem es sich um ein Monogramm handelt, bemerkt, dieses sei »nielloartig mit Pasta ausgefüllt«).

1) Ueber Mentor's paria: Plinius Nat. hist. XXXIII, 154, H. Brunn Gesch. d. Griech. Künstler II, S. 408. Andere werden erwähnt von Cicero in Verr. II, 19 und Athenaeus XI, p. 478 B. — Der Fund von Berthouville bietet nicht weniger als neun Beispiele von Vasenpaaren, vgl. Chabouillet a. a. O. n. 2804 u. 2805, 2807 u. 2808, 2809 u. 2810, 2811 u. 2812, 2816 u. 2817, 2818 u. 2819, 2826 u. 2827, 2833 u. 2834, 2848 u. 2849. Von diesen ist eins auf frühere, Griechische Zeit zurückzuführen; vgl. Raoul-Rochette Nouv. ann. de l'inst. arch. T. II, 1838, p. 171 fg., zu Mon. pl. XVIII. Dass auch die Schale mit der Minerva zu einem Paare gehört habe, ist schon oben S. 12 fg. Anm. 1 a. E., vermuthet.

Das Kunsthistorische anlangend, so ist es sehr zu be-
dauern, dass die Inschriften des Hildesheimer Fundes weder
einen bekannten Künstlernamen bieten, noch an einem der
in künstlerischer Beziehung ausgezeichneten Stücke den Namen
des Verfertigers. Dennoch unterliegt es uns auch nicht dem
mindesten Zweifel, dass die wenigen Namen, welche überhaupt
vorkommen und eine mehr oder weniger sichere Lesung zulassen[1]),

— Auch auf dem Gebiete der Kerameutik sind bekanntlich die Vasenpaare nicht
selten; vgl. Welcker Alte Denkm. III, S. 392, Cavedoni Memor. — di Modena T.
XV, p. 9, Northampton in der Archaeologia XXXII, p. 258.

1) Es sind deren nur vier, von denen zwei zweimal vorkommen. Dahin
gehört der zuerst aufgefundene, welcher auf zweifach verschiedene Weise geschrieben ist. Man hatte ihn als den Namen eines Italiänischen Silberarbeiters
aus der Zeit der Renaissance, BOCCI oder BOCHI, gefasst, der gar nicht bekannt
ist, bis ich bemerkte, dass es sich um den Genetiv eines Römischen cognomen
handle. Dieses kann im Nominativ gelautet haben Boccius = 'Bochius und
Boccus = Bochus. Letzteres halte ich nach H. Sauppe Nachrichten von der K.
Ges. d. Wissensch. zu Göttingen, 1868, n. 18, für das Wahrscheinlichere. Er
erinnert S. 376: »dass in der älteren Kaiserzeit der Name Boccus, Bochus vor-
kam, beweist der Schriftsteller Cornelius Bochûs, den Plinius in der N. H. und
Solinus mehrfach anführen: Th. Mommsen praef. Solini p. XVII. E. Hübner
Hermes I, S. 397 bemerkt, dass der Name in Lusitanien häufig vorkomme.«
Vermuthlich ist auch in der Inschrift von Corduba bei Gruter CCCCXXXV, 1:
L. MANLIO A. F. AN. GAL. BOCCH., das letzte Wort Boccho zu lesen.
Wer dennoch geneigt sein sollte, Boccius = Bochius vorauszusetzen, der würde
dafür eher noch als durch die Hinweisung auf den C. Bocius Cassianus Secundi-
nus in der Inschrift bei Gruter CCCLXIV, 1 und Mommsen Inscr. regn. Neapol.
6793 und auf den Umstand, dass ein Gentilname auch sonst die Stelle eines cognomen einnehme (vgl. z. B. L. Aquilius Mamius bei Mommsen a. a. O. 313, D.
Avianius Salvius ebda 2189, C. Betninus Spurius ebda 5717 = Orelli-Henzen
6204; Salvius und Spurius auch pnaenomina) eine Stütze finden in der Annahme, dass Boccius = Bochius eine Nebenform sein könne von Bochus, welches
Wort als Semitisches durch den Namen des Königs von Mauritanien, Schwieger-
vaters des Jugurtha, und dessen Sohnes besonders bekannt ist. So heisst ein
Jüdischer Hoherpriester bei Joseph. Bell. Jud. V, 11, 5 Bokkias, und auch der
von dem Denar des Plautischen Geschlechts (Denkm. d. a. K. I, 65, 339, Cohen
Méd. cons. pl. XXXIII, Plaut., n. 6) bekannte Name des Bacchius Judaeus —

Silberarbeitern oder Silbersachenfabrikanten [1]) angehören. Wer

über welchen Mann der Duc de Luynes Rev. numism., 1858, p. 382 fg., und de
Saulcy Hist. d'Hérode p. 21 wohl nicht wahrscheinlicher geurtheilt haben als
Eckhel Doctr. num. V, p. 278 — gehört sicherlich zu demselben Stamme. Der
Name eines Mannes von ähnlichem Stande und Berufe wie unser B. lautet C.
Atilius Hanno; vgl. Th. Mommsen in Gerhard's Arch. Anz., 1858, n. 115—117,
S. 222* fg. Als praenomen und nomen des in Rede stehenden B. sind in beiden
Inschriften angegeben L. MAL., so zwar, dass das nomen mit literae ligatae ge-
schrieben und das eine Mal das A deutlich bezeichnet ist. Sauppe bemerkt a.
a. O. S. 376 fg.: »Ob die Ligatur MALLEOLVS oder MALLIVS zu lesen sei,
kann nach dem, was Mommsen zu den gleichen Monogrammen auf den Münzen
375 und 379 des C. I. L. und Gesch. d. R. M. p. 558. 562 bemerkt, zweifelhaft
sein.« Ich war zunächst auf das Letztere, dann auch auf das Erstere verfallen.
R. Schöne denkt a. a. O. an Manlius. — Der zweite Mann mit praenomen,
nomen und cognomen heisst nach der Inschr. M. AVR. C. Das nomen ist auch
in diesem Falle mit literae ligatae geschrieben, so jedoch, dass über die Lesung
kein Zweifel obwalten kann. Sauppe dachte S. 377 an Aurelius, worauf wohl
ein Jeder zunächst verfallen wird. Aber schon Schöne hat Aurunculejus
daneben gestellt; und es stehen noch andere Namen zur Disposition. Noch
misslicher ist die Lesung des cognomen. — Als dritten Namen finden wir MARS.,
und der vierte, an zwei verschiedenen Gefässen vorkommende, ist nur durch die
Buchstaben SH angedeutet. Sauppe las jene Inschrift Marsi. Schöne hat auf
ein paar andere Möglichkeiten zu lesen hingewiesen, denen noch weitere hinzugefügt werden können. Sehr beachtenswerth ist des Letzteren Bemerkung: bei
MARS. fehle der Vorname sicher, bei SH wahrscheinlich, was bei einem Manne
in August's Zeit nicht statthabe. So sei nach der Vermuthung eines Epigraphi-
kers am ehesten an Frauennamen zu denken (z. B. Marseniae oder Marsi-
diae, Sestiae Hospitae oder Serviliae Hilarae.)

1) Ueber Fabrikanten von Silbersachen mit Arbeitern für die einzelnen
Branchen des Geschäfts in den Fabriken: Marquardt a. a. O. II, S. 286 fg., auch
S. 273. Von den Fabrikbesitzern und Silberarbeitern im Grossen, lassen sich Silberarbeiter im Kleinen, namentlich für die unbedeutenderen Städte unterscheiden,
d. h. solche, die allein oder mit einigen Gehülfen, ohne eine so ganz ins Specielle
gehende Theilung der Arbeit, das Geschäft ausübten. Neben diesen beiden Arten
von selbstständigen Silberarbeitern handelt es sich dann noch um solche, die im
Dienste von vornehmen und reichen Personen ausschliesslich für diese arbeiteten
(vgl. Marquardt S. 286, Anm. 2590, auch 2593) und allein ganze Gefässe her-
richteten. — Namen von Arbeitern für besondere Branchen darf man natürlich zu-

da behaupten wollte, dass vielmehr Namen von Silberwaaren-

---

nächst nur in den Fällen voraussetzen, in welchen mehrere Namen, von denen es wahrscheinlich ist, dass sie der Kategorie der Verfertiger angehören, neben einander vorkommen. So hat Th. Mommsen an dem oben S. 30, Anm., angef. O. die Namen des Ti. Robilius Sitalces (?) und C. Atilius Hanno, die sich auf der oberen Fläche des mit Schwanenköpfen verzierten Griffs einer Casserole von Bronze in erhabener Schrift eingestempelt finden, den ersteren, oberen, (in welchem das cognomen auf Conjectur beruht, da der Stempel nur SI giebt) auf den Kupferschmidt, faber aerarius, den anderen, unteren, auf den Modelleur, plasta imaginarius, bezogen. Marquardt meint dagegen a. a. O. S. 305, möglicherweise könne, wie dies bei den Stempeln der Thonwaaren vorkomme, der Eigenthümer der Fabrik und der Fabrikant verstanden werden. An einer anderen, jener ganz gleichartigen, jedoch geringer gearbeiteten Casserole von Bronze findet sich nach Mommsen nur der Name des Ti. Robilius Sitalces mit ebenfalls erhaben geschriebenem Stempel, so zwar, dass das letzte Wort vollständiger als an der anderen Casserole geschrieben sein soll: SITA. Mommsen führt sehr scharfsinnig das Nichtvorhandensein des Namens des Modelleurs an der zweiten Casserole auf den Grund zurück, dass bei dieser kein solcher Arbeiter mitgewirkt habe. Den Gedanken an den Fabrikanten und den arbeitenden Mann hatte schon er gehabt, und zwar in Erinnerung an das Thongefäss, dessen Inschriften in den Inscr. Neap. 6307, 8, p. 355 mitgetheilt sind, aber verworfen, weil hier der Name des Fabrikanten eingestempelt, der des Arbeiters eingeritzt sei. Er signalisirt zudem das Vorhandensein eines Doppelstempels an der ersteren Casserole als einen merkwürdigen Umstand: die Sache sei auf jeden Fall ungewöhnlich; ja ihm sei augenblicklich kein zweites Beispiel zur Hand. Auch ich kenne noch jetzt kein ganz gleiches Beispiel. Indessen werden unten in diesen Anm. Belege dafür beigebracht werden, dass an Metallgefässen Inschriften verschiedener Beziehung in derselben Art der Ausführung vorkommen. Uebrigens hege auch ich in Betreff der Casserole mit dem doppelten Namen die mir nicht erst durch Mommsen und Marquardt gekommene Ansicht, dass es sich um den Fabrikanten und den arbeitenden Mann handle. Es passt sehr gut, dass bei dem geringern Mecklenburgischen Exemplar der Name des letzteren ganz weggelassen ist. Bei dieser Gelegenheit noch die Bemerkung, dass die Lesung des cognomen durch SITA keinesweges sicher steht. Mommsen kannte die betreffende Casserole und ihre Inschrift nur aus der Mittheilung im Jahresbericht des Vereins für Mecklenburgische Geschichte, Bd. 8, 1843, S. 41 und Taf. n. 1. Mir wurde im J. 1843 ein galvanoplastischer Abdruck der Inschrift mitgetheilt, nach welchem ich nur SIT lesen konnte. S. auch Bernd in den Jahrb. des Ver. von Alterthumsfreunden im Rheinlande I, S. 75 fg. Danach könnte das cognomen auch etwa SITTIANI

händlern anzunehmen seien, etwa deshalb, weil es doch wahr-

---

zu lesen sein. — Ich kenne nur eine Schriftstelle, in welcher der Platz einer an
einem Geräthe — und noch dazu einem von Silber — befindlichen Namensinschrift
und die Beziehung der letzteren bezeichnet ist, die des Petronius Satir. rel. c. 31,
p. 169 ed. Burmann., p. 33, 14 fg. ed. Buecheler.: tegebant asellum duae lances,
in quarum marginibus nomen Trimalchionis inscriptum et argenti pondus. Hiernach kann man sich immerhin veranlasst fühlen, in dem entsprechenden Falle,
welchen wir oben S. 11, Anm. 2, nach A. Visconti erwähnt haben, den Namen
des M. Mascianus, nicht als den des Künstlers, wie jener Gelehrte ohne Weiteres thut, sondern als den des Besitzers zu betrachten. Dennoch möchte ich nicht
garantiren, dass dieses auch nur das überwiegend Wahrscheinliche sein würde.
Ich stelle mich weit eher auf Visconti's Seite. Andererseits möchte ich aber auch
nicht behaupten, dass die Beziehung der Namensinschriften des Hildesheimer
Fundes auf die Besitzer der betreffenden Gefässe wegen der Stelle, welche sie
einnehmen, und der Art, in der sie ausgeführt sind, unmöglich wäre. Kommen
doch — um nur das zu erwähnen — in dem Funde von Berthouville Votivin-
schriften mit den Namen der Schenkgeber am äusseren Boden der Gefässe und
durch Punktiren hergestellt vor; vgl. Chabouillet a. a. O. n. 2825, 2826, 2427,
2840, 2853. Ich sage nur, dass jene Beziehung für mich von vornherein gar
keine Wahrscheinlichkeit hatte, und weiter, dass ich auch jetzt nicht daran zweifele, dass die betreffenden Namen die von Silberarbeitern im Kleinen oder von
Fabrikanten seien. Zu dieser Annahme führte mich zunächst die bekannte Analogie
des Gebrauchs in andern Gattungen des Kunsthandwerks, namentlich der Arbeit
von Thongefässen (Marquardt a. a. O. S. 357 fg.); dann auch die Prüfung von
Silbersachen, die den in Rede stehenden ganz gleichartig sind, und einigen anderen Gegenständen aus edelem Metall. Hier eine Zusammenstellung der Beispiele,
durch welche zugleich eine Zusammenstellung der betreffenden Namen, an welcher
es noch mangelt, gegeben werden soll. Bei allen Medaillons des Lauersforter
Fundes trifft man den Namen »des Verfertigers« Medamus auf der Rückseite der
Kupferplatte, auf welche sie befestigt sind, in punktirter Inschrift angegeben, während der Name des Eigenthümers sich bei einem derselben auch auf der Vorder-
seite neben der Reliefdarstellung, ebenfalls in punktirter Inschrift, angegeben
findet; vgl. O. Jahn a. a. O. S. 17. An einer Schale des naturhistorischen Mus.
und der Kunstakademie zu Madrid steht nach E. Hübner Die ant. Bildw. in M.
S. 234, n. 546, „unten auf dem Boden des Gefässes aussen in punktirter Inschrift
LMT SACCONIOR, vermuthlich L(uci) M(arci) T(iti) Sacconior(um)". Auch
hier liegt klar zu Tage, dass es sich nicht um den Besitzer handelt. Eine flache
Schale aus dem Norden von Spanien zeigt nach demselben Gelehrten, a. a. O. n. 948,

scheinlich sei, dass die durch Kunstwerth hervorragenden Stücke

„auf der Rückseite im Boden mit punktirter Schrift: L. P. CORNELI ANII IIIXI. (etwa L. P(ompei) Corneliani . . . . .)." Auf der Rückseite eines gegossenen Tellerchens der K. Sammlung zu Wien findet man die eingeritzten Buchstaben AVOVSANI, nach v. Sacken und Kenner a. a. O. S. 332, n. 6ª. In der weiter unten genauer zu berücksichtigenden Inschrift bei Chabouillet a. a. O. n. 2853 handelt es sich, so viel sich urtheilen lässt, gewiss um den Namen des Verfertigers oder Fabrikanten. Ich übergehe die graffiti unter der Basis des einen Pompejanischen Trinkbechers, welche Quaranta a. a. O. p. 10 und tav. I, n. 4 und 5 bekannt gemacht hat (vgl. auch Mus. Borbon. XIII, 49), zumal da Mommsen Inscr. Neap. 6305, p. 351 von ihnen gänzlich schweigt. Unter dem Boden des Silbereimers aus der Moldau in der Ermitage zu St. Petersburg, welchen man dem zweiten Jahrhundert unserer Aera zuschreibt, steht eine bisher noch nicht gedeutete Inschrift mit punktirten Buchstaben; vgl. Ant. du Bosph. Cimm. T. I, p. 261. An welcher Stelle sich an der S. 4, Anm. 1 erwähnten Patera des Lengericher Fundes „der Stempel des Verfertigers", findet, wird leider nicht angegeben; eben so wenig, wie der Name lautet. Auf der Rückseite des Kreuzbalkens einer grossen goldenen Fibula, welche zu der Partie des Lengericher Fundes gehört, die man der Zeit des Kaisers Magnentius zuschreibt, „befindet sich eine Inschrift in Römischen Uncialen, die durch eine Folge von kleinen Punkten dargestellt sind. — Es scheint fast, dass diese Inschrift nur zur Bezeichnung des Fabrikanten gedient habe" (Fr. Hahn a. a. O. S. 35, vgl. Taf. I, Fig. 16). — Aus dem Umstande, dass unmittelbar hinter den Namen auf den Gefässen des Hildesheimer Fundes Gewichtsangaben angebracht sind, lässt sich kein sicherer Schluss ziehen. Bei Petronius a. a. O. ist der Name vor der Gewichtsangabe allerdings der des Besitzers. An einer patère profonde des Fundes von Berthouville steht sie aber sur le revers du manche unmittelbar hinter dem ebenfalls au pointillé geschriebenen Zuruf: AVE FILI (Chabouillet a. a. O. n. 2836). An den beiden anderen Gefässen desselben Fundes, welche Gewichtsangaben haben, finden wir diese von der Hauptinschrift, der auf die Dedication bezüglichen, ganz getrennt, an dem äusseren Boden, während die letztere auf der mit Bildwerk geschmückten Hauptseite angebracht ist. — Auch auf die Art und Weise, wie die Inschriften ausgeführt sind, lässt sich für den vorliegenden Fall kein Schluss bauen. An den mit Namensinschriften versehenen Stücken des Hildesheimer Fundes kommt stets nur der Name einer Person vor. Derselbe ist durchweg ebenso ausgeführt wie die unmittelbar darauf folgende Gewichtsangabe, dreimal durch Punktiren und wiederum dreimal durch Einritzen. Es fehlt uns also ein Kriterium, wie es z. B. durch das Thongefäss in den Inscr. Neap. 6307, 8, p. 355 geboten wird; s. oben S. 31, Anm. 3.

von Griechen herrühren, die Namen aber Römische seien, der

Mir sind überall von Gegenständen aus edlem Metall, die zwei verschiedene und an verschiedenen Stellen angebrachte Inschriften haben, nur drei Fälle bekannt, in denen die Ausführung der Inschriften eine verschiedene ist. Der eine ist der von Chabouillet a. a. O. n. 2689 verzeichnete: Agrafe de ceinture, à charnière, munie de deux ardillons, decorée d'un sujet estampé (peut-être Constance Chlore ou Constantin le Grand). Au revers on lit en relief: VICTORINVS M. Sur la tranche de la boucle on lit au pointillé: P.... V. M. B. L'inscription en relief a été placée au moyen d'un cachet analogue à ceux dont se servaient les potiers; elle indique sans doute le nom d'un possesseur. Les lettres au pointillé — doivent être une indication ponderale. Ob diese Ansichten richtig sind, muss dahingestellt bleiben. Der andere Fall kommt an dem bekannten Silberschilde des Theodosius vor, auf dessen Rückseite, wie E. Hübner Ant. Bildw. in Madrid S. 213 nach Delgado's Angabe berichtet, in der Mitte eine kreisförmige Erhöhung ist, auf welcher in punktirten Buchstaben steht *ΠOC IN MET.* Beide Fälle gehören einer viel späteren Zeit an. Der dritte Fall tritt an der Schale zu Tage, deren unter dem Boden befindliche punktirte Inschrift oben nach Hübner n. 948 mitgetheilt ist. Auf der Hauptseite steht mit Gold eingelegt die auf die dargestellte Nymphe einer Heilquelle bezügliche Inschrift SALVS VMERITANA. Ob Hübner durch seine Verweisung auf n. 941 andeuten will, dass er auch die in Rede stehende Schale in die Augusteische Zeit setze, bleibt unentschieden. Sonst finden wir in Betreff der Inschriften an Gefässen und Geräthen von Metall, namentlich von edelem, eine etwas abweichende Methode befolgt. Ueber die Lauersforter Phalerae ist schon oben S. 32, Anm. gesprochen. Der Name des Besitzers ist auch auf einem Bruchstück des Deckels in punktirten Buchstaben angebracht. Bei den aus verschiedenen Zeiten stammenden Dedicationsinschriften des Fundes von Berthouville herrscht durchaus das Punktiren vor, gleichviel ob jene an augenfälliger Stelle oder unter dem Boden angebracht sind. Die anderen Inschriften, welche sämmtlich unter dem Boden der Gefässe stehen, meist Gewichtsangaben enthaltend, einmal, wenn wir nicht irren, den Namen des Verfertigers oder Fabrikanten (Chabouillet n. 2853), sind entweder punktirt oder eingeritzt. In den beiden Fällen, in welchen an einem und demselben Gefässe zwei Inschriften an verschiedenen Stellen und von verschiedener Beziehung vorkommen (Chabouillet n. 2821 u. 2828), ist die Art und Weise der Ausführung beider trotzdem ganz dieselbe, wenn es auch in Betreff der einen auf den ersten Blick nicht so scheinen könnte. Das Stück unter n. 2828 zeigt nach Chabouillet eine, so viel ich weiss, sonst nicht vorkommende Eigenthümlichkeit: »Au revers, sur le fond, on lit au pointillé P. IS :: — X. A côté de cette courte inscription, on la lit de nouveau tracée légèrement à la

würde — abgesehen davon, dass auch die Besitzer von Fabriken nicht selbst ausübende Künstler zu sein brauchten — in
doppelter Hinsicht gewagt handeln, erstens insofern, als dabei
die bis jetzt allgemein und gewiss mit Recht, eingehaltene Methode der Erklärung von Inschriften wie die betreffenden auf-

---

pointe, comme les graffiti de Pompéi.« Dass aber die zweite Inschrift hier
nicht in Betracht kommen darf, liegt auf der Hand. Handelt es sich bei ihr
um die Notiz Eines, welcher die Gewichtsangabe controlirte, oder um einen Ent-
wurf, eine vorläufige Bezeichnung dieser, welche nachher in der ersten Inschrift
ausgeführt wurde? Etwas Aehnliches kommt nach Chabouillet an dem Simpu-
lum n. 2853 vor: »Au revers, sur le fond de la coupe, je crois reconnaître des
caractères gravés légèrement à la pointe, comme les graffiti de Pompéi —. Je
crois lire: LICIL SACCONES (in zwei Reihen über einander). Après ces deux
mots, je retrouve le commencement du dernier écrit d'un caractère plus grand
et encore plus négligé: SACCO«. Vermuthlich ist das erste Wort falsch geschrieben und gelesen: denn an verschiedene Vornamen, wie bei den Sacconii
nach Hübner a. a. O. n. 546, ist doch schwerlich zu denken. Dann wird aber
auch die Richtigkeit des zweiten Wortes verdächtig und eher glaublich, dass der
Gen. Sacconis gemeint war, wofür auch das Hinzugeschriebene Sacco spricht.
Dieses rührt doch wohl von einem Controlirenden her. Auf dem Rande der aus
der Zeit Caracalla's stammenden Goldschale von Rennes (Chabouillet n. 2537)
findet man in den Vertiefungen, in welche die sechszehn Goldmünzen eingelassen
sind, die Namen der Personen, deren Bild und Namen die Münzen tragen, in
Abkürzungen mit punktirten Buchstaben angegeben, zu keinem anderen Zwecke,
als um dem Handwerker, welcher das Einlassen auszuführen hatte, die Stelle
für die einzelnen Münzen anzudeuten (Millin Mon. inéd. T. I, p. 238). — Giebt es
unter den Namensinschriften des Hildesheimer Fundes wirklich solche, welche
auf Weiber zu beziehen sind (worüber oben S. 30, Anm. a. E. die Rede war), so
können die ohne Zweifel nicht auf die Besitzer der betreffenden Gefässe bezogen
werden. Dadurch wird es denn auch um so wahrscheinlicher, dass auch die anderen Namen nicht diese Beziehung haben. Wenn Schöne aus der Voraussetzung, dass das gesammte Silbergeräth einem Mann gehört habe, den Schluss
ziehen zu können gedenkt, dass die Namen nicht die der Besitzer seien, so halte
ich das für sehr misslich. Auch kann ich mich dem Grunde, welchen er für
seine Meinung beibringt, dass es sich nur um Fabrikanten, nicht Arbeiter, handele, nicht für alle genannten Personen anschliessen; Sclaven freilich sind sicherlich nicht unter diesen.

gegeben wird[1]), zweitens deshalb, weil die Namensträger doch
nur mit denjenigen Gefässen in Zusammenhang gebracht werden
dürfen, welche mit ihren Namen versehen sind, diese Gefässe aber
in künstlerischer Hinsicht so wenig Bedeutung haben, dass man
sie recht wohl als Werke Römischer Arbeiter betrachten kann[2]).

Besonders grosses Interesse hat der Hildesheimer Fund
in kunsthistorischer Beziehung dadurch, dass er eine Controli-
rung einer bekannten Stelle des älteren Plinius mehr als früher
möglich macht: wir meinen die, in welcher der Verfasser der
Naturgeschichte, von der Ausübung der Toreutik handelnd,
nach Erwähnung des bekannten, zu der Zeit des Pompejus
Magnus lebenden und in Rom arbeitenden Pasiteles und anderer Toreuten, über deren Lebenszeit und Aufenthaltsort wir
minder genau unterrichtet sind, bemerkt: plötzlich sei jene
Kunst so in Verfall gerathen, dass man die Werke zu seiner

---

1) Unter den nur den Namen einer Person enthaltenden Inschriften, welche
sich an entsprechenden Gefässen und Geräthen finden, ist bis jetzt noch keine
einzige nachgewiesen, in Betreff deren die Beziehung auf den Händler oder In-
haber einer Niederlage (Marquardt a. a. O. S. 287) sicher stände oder auch nur
Wahrscheinlichkeit hätte. Natürlich: für den Zweck oder die Zwecke, zu denen
die Inschrift des Namens desjenigen, von welchem das Stück herrührte, dienen
sollte, genügte vielmehr die Andeutung der Officin als die der Niederlage. Interessante Mittheilungen über Namen an Thongefässen des Brit. Mus., unter
denen eine Anzahl »vielleicht von Detailverkäufern«, durch E. Hübner Monatsber.
d. K. Akad. d. Wissensch. in Berlin, Sitz. d. phil.-hist. Kl. vom 3. Febr. 1868,
S. 83. Die betreffenden Inschriften unterscheiden sich von den gewöhnlichen,
eingestempelten wesentlich dadurch, dass sie meist nach dem Brennen (zuweilen
auch schon in die Formen) eingeritzt sind.

2) Die Inschrift mit der Namensform BOCHI findet sich unter einem Fusse,
zu welchem der Körper des betreffenden Gefässes fehlt. Dieser Fall ist demnach
durchaus irrelevant. Die übrigen Namensinschriften kommen sämmtlich an Gefässen vor, deren Form keinesweges eine Bürgschaft für höhere Kunstbegabung
bietet, und die ohne figürliches Bildwerk sind, wenn auch einige von ihnen orna-
mentalen Schmuckes, der übrigens durchaus nicht auf eine Griechische Hand
zurückgeführt zu werden braucht, nicht entbehren. — Dieser Umstand ist auch
in anderer Beziehung beachtenswerth.

Zeit allein nach dem Alter schätze und solche, deren Bildwerk durch den Gebrauch so abgerieben sei, dass man die Figuren nicht erkennen könne, besonders hochhalte[1]. Einige Kunsthistoriker meinen, dass dieser plötzliche Verfall der Cälatur schon bald nach Pompejus eingetreten sei, während andere ein paar der von Plinius aufgeführten berühmten Toreuten noch der Kaiserzeit zuweisen[2]. Wenn nun in dem Hildes-

---

1) Nat. hist. XXXIII, 156 u. 157.

2) Vgl. ausser Hirt Gesch. d. bild. Künste bei den Alten, S. 306 fg., und Thiersch Abhandl. d. K. Bayer. Akad. a. a. O., S. 131 fg., namentlich Brunn Gesch. d. Gr. Künstler II, S. 400 fg., und Overbeck Die ant. Schriftquellen z. Gesch. d. bild. Künste bei den Griech., S. 424. Jener vertritt die oben im Text an erster Stelle erwähnte Ansicht; dieser die andere. Le Prévost, a. a. O. p. 128, der die von Plinius zuletzt erwähnten Künstler Pytheas und Teucer quelques années après Pompée leben lässt, bemerkt: Du temps de Pline cet art était abandonné depuis long-temps (exolevit). Aber bei Plin. steht ja subitoque haec ars ita exolevit; also irrte der Französische Gelehrte in Betreff jenes Wortes; ob indessen auch in der Sache, wenigstens ob durchaus, das steht sehr dahin, da der Verfasser der Naturgeschichte unmittelbar fortfährt, ut sola jam vetustate censeatur u. s. w. Es ist auch beachtenswerth, dass er a. a. O. nicht auch den aus Horat. Sat. I, 3, 90 fg. und den Schol. z. d. St. als Cälator und plastes statuarum bekannten O. Avianius Euander erwähnt, welcher von M. Antonius aus Athen nach Alexandrien mitgenommen, dann von hier als Gefangener nach Rom gebracht und noch unter Augustus thätig war, obgleich er denselben N. H. XXXVI, 32 wenigstens als Bildhauer kennt; und noch mehr, dass er dort den Zenodorus nicht mit aufführt, während er doch XXXIV, 46 u. 47, von diesem Zeitgenossen des Nero sagt, dass er scientia fingendi caelandique nulli veterum nachgesetzt sei und zwei von Calamis' Hand cälirte Becher so nachgeahmt habe, ut vix ulla differentia esset artis. Sind unter jenen veteres die Zeitgenossen des Calamis oder auch die XXXIII, 156 und 157 genannten Cälatoren zu verstehen? Andererseits liesse sich etwa fragen, ob Plinius wohl den M. Canulejus Zosimus ganz unberücksichtigt gelassen haben würde, der nach der Grabschrift bei Gruter DCXXXIX, 12, arte in caelatura Clodiana evicit omnes, wenn derselbe vor ihm oder zu seiner Zeit gelebt hätte; wenn nicht aus seinen Worten in XXXIII, 139 hervorzugehen schiene, dass er auf jene vasa Clodiana nicht besonders viel gab, um davon zu schweigen, dass die Echtheit jener Inschrift noch keinesweges feststeht. Dass es in der Zeit nach Augustus

heimer Funde auch Werke vorkommen, die Spuren des Verfalls der reinen und edlen Kunst an sich tragen, so wird man doch den glockenförmigen Krater und die schönsten der Schalen und Becher immer als sehr ansehnliche, in technischer Beziehung zum Theil ausgezeichnete Producte der Cälatur betrachten müssen. Aber es fragt sich, ob ein eigentliches Originalwerk unter ihnen sei, obgleich die Arbeit aus freier Hand gemacht ist[1]).

In mehr als einem Punkte zeigen sich die Eigenthümlichkeiten der Griechisch-Römischen Kunst. Das Ornament tritt nicht so bescheiden auf, wie auf den Werken der echt Griechischen Kunst, sondern es verlässt den decorativen Charakter, ja es hat mehrfach die höchstmögliche Erhebung. Daneben findet sich der für die Kunst in Römischer Zeit charakteristische Wechsel zwischen Erhabenem und Flachem. Man wird wiederholt an die Lauersforter Phalerae und an entsprechende Gefässe aus Pompeji und dem Funde zu Berthouville erinnert. Auch in den Formen der Trinkbecher lässt sich das Eigenthümliche der Griechischen Kunst in Römischer Zeit nachweisen, wie dort. Ein paar Füsse von einem Geräthe entsprechen ganz den Füssen „in Roccocogeschmack" eines bekannten Pompejanischen Dreifusses[2]).

noch andere Silberarbeiter von bedeutendem Talent und Geschick gab, zeigen uns die Lauersforter Phalerae, deren Verfertiger Medamus, vielleicht ein Spanier, wahrscheinlich ein »Künstler der Provinz« war, der aber »seine Muster aus Rom bezog« (Jahn a. a. O. S. 17). Es liegt bei Vergleichung des von Plinius über Zenodor Gesagten auf der Hand, den in der ersten Stelle erwähnten Verfall hauptsächlich darauf zu beziehen, dass man sich meist mit Copien begnügte, wie auch Brunn gethan hat. Dazu kam allmälig der von Plinius a. a. O. gerügte Wechsel der Mode, welchem die Silbergefässe unterworfen waren. Ein weiteres Mittel zur Erklärung liefert Plin. N. H. XXXVII, 12.

1) So urtheilte ein hiesiger sehr tüchtiger Goldarbeiter, dem mehrere Gipsabgüsse von den besten Stücken vorlagen.

2) Vgl. Friederichs Bausteine S. 526, n. 874. Ein Tripus mit ähnlichen Füssen, aber ohne die Masken daran: Mus. Borbon. XV, 6.

Die schon oben angedeutete Verschiedenheit der zum Funde gehörenden Stücke in Betreff des Stils und des Technischen der Arbeit, auch der Ornamentirung, darf aber durchaus nicht zu der Ansicht führen, dass das in künstlerischer Beziehung Untergeordnete aus wesentlich anderer Zeit stamme, als jenes Beste[1]). Die Verschiedenheit hängt hauptsächlich damit zusammen, dass die Stücke von verschiedenen Händen herrühren[2]), und entspricht ganz der Zeit, an welche wir denken. Auch in dieser Beziehung können besonders die verschütteten Städte am Vesuv zum Beleg dienen[3]).

Nur zwei Stücke mit figürlichem Bildwerk, welches nicht aus der Mythologie entlehnt ist, sondern in Thierfiguren besteht, weichen von den übrigen so ab, dass sie für Arbeiten von Barbaren gehalten worden sind. Allerdings zeigen sie keine Spur von Griechischem Geiste, wohl aber entsprechen sie in Betreff des Gegenstandes der figürlichen Darstellungen und der Art und Weise, wie diese angebracht sind, unzweifelhaft Römischen Arbeiten; auch die Ornamente aus dem Reiche der Vegetabilien zwingen mit nichten an andere als Römische Kunst zu denken, und wenn man glaubt, wegen der Arbeit, Form und anderweitigen Verzierungsweise, von denen wir allerdings kein ganz gleiches Beispiel aus dem Bereiche des Römischen Handwerks nachzuweisen vermögen, Barbarischen Einfluss annehmen zu müssen, so genügt voll-

---

1) Wie ich durch Hörensagen vernehme, hat Jemand die Ansicht geäussert, jenes möge aus dem zweiten Jahrhundert stammen. Der betreffende Gelehrte hat jedenfalls die Originale nicht gesehen. Er würde auch schon durch die Inschriften des Irrthums überwiesen werden können.

2) Sauppe glaubt a. a. O. S. 381 fg. allein aus den Inschriften auf Arbeiten aus mindestens fünf Werkstätten schliessen zu können.

3) Selbst die oben S. 5, Anm. 2 erwähnten, in einem und demselben Hause gefundenen, nicht so zahlreichen Silbersachen sind unter sich verschieden.

ständig die Annahme, dass es sich um Werke aus einem unter entschiedenem Einflusse der Römischen Cultur stehenden Lande handele. Die Verfertigung oder das Vorhandensein derselben wird man aber schon an sich aus Wahrscheinlichkeitsgründen in dieselbe Zeit zu setzen haben, welcher man die anderen Sachen des Fundes zuweist, und auch getrost setzen können, also zunächst in die des Augustus[1]).

---

1) Es ist die Rede von jenen beiden bald als konische bald als trichterförmige bezeichneten humpenartigen Bechern, von deren einem die crusta nahezu vollständig erhalten ist, während von der des anderen nur ein Bruchstück vorhanden ist, so zwar, dass Schöne diesen als »Gefäss von unbestimmter Form« bezeichnet. Der besser conservirte Becher, an den wir uns hauptsächlich zu halten haben, ist mit paarweise im Kampfe einander gegenüberstehenden Thieren, der andere mit hinter einander hergehenden zahmen Thieren verziert, deren Darstellung in einem Streifen ringsherum läuft. Das Bildwerk an dem erstgenannten Becher erinnert durchaus an die Darstellungen von Kämpfen von Thieren unter einander auf Römischen Monumenten, welche auf die bei den Römern so beliebten Schauspiele zurückgehen. Wird man jene Binde um den Leib des Stiers, der mit dem Löwen kämpft, auch auf Barbarischen Bildwerken, die ohne Römischen Einfluss gemacht sind, nachweisen können? Andere venationes, auch in einem ringsherum laufenden Streifen, auf entschieden Römischen, im Norden aufgefundenen Bronzegefässen, z. B. dem von Börry im Amte Grohnde an der Weser, abgeb. im N. Vaterländ. Archiv, 1840, zu S. 1 fg., und in der Zeitschr. des histor. Ver. für Niedersachsen, 1854, Taf. z. S. 1 fg., n. 1, so wie dem bei Worsaae Nord. Olds. T. 74, n. 302. Ebenso auf Silbergefässen, vgl. z. B. Hübner Bildw. in Madrid n. 546, auf denen auch die Darstellung von zahmen Thieren, wie auf dem anderen Hildesheimer Gefässe, vorkommt, vgl. z. B. Arneth Gold- u. Silber-Mon. SIVG und Beilage V, 1. Sonst verweisen wir wegen des Bildwerks im Allgemeinen auf die Römischen Reliefgefässe aus Thon, wie sie aus Italien, Gallien, Germanien, Britannien bekannt sind; die vegetabilischen Ornamente finden sich auch sonst mehrfach auf Röm. Denkmälern. Auch die in parallel um das erste Gefäss, welches mir allein in einer Photographie vorliegt, herumlaufenden Erhöhungen bestehende Verzierung ist keinesweges ganz ohne Analogie an Italischen Metallgefässen; sie kommt z. B. auf einem bei Luttum, Amts Verden, gefundenen Römischen Bronzegefässe vor (s. Zeitschr. d. hist. Ver. a. a. O. n. 5) und findet sich ganz ähnlich wie hier schon bei Metallgefässen, die auf unteritalischen Vasenbildern dargestellt sind. Der Form nach lässt sich mit dem Hildesheimer Becher

Wenn wir ungern unter diese Zeit hinabgehen — obgleich wir die Zulässigkeit der Annahme eines um mehrere Decennien späteren Ursprungs für manche Stücke nicht in Abrede stellen können —, so lässt sich dafür schliesslich etwa noch der Umstand veranschlagen, dass in dem Hildesheimer Funde Stücke, deren Figuren abgerieben wären, sei es durch wirklichen Gebrauch oder durch betrügerische Kunst, ebensowenig vorkommen, als solche, welche Nachbildungen von alterthümlichem Bildwerk enthielten. Die Sucht nach solchen Gefässen und Geräthen kam erst nachher besonders in Schwang.

II.

Wir kommen nun zu der Frage, wem die bei Hildesheim gefundenen Silbersachen angehörten, und wer sie dort vergraben haben möge.

Ich habe mich der Beantwortung dieser Frage, die doch versucht werden muss, nur mit einem gewissen Widerstreben unterzogen. Die Untersuchung muss sich ja auf einem Boden bewegen, der gar manchen Anlass zum Straucheln bietet. Je mehr ich im Verlaufe derselben trotz meines Sträubens mit Nothwendigkeit zu dem Resultate getrieben wurde, das ich gleich anfangs vermuthete, aber auch nur irgendwie zu besonderer Wahrscheinlichkeit erheben zu können nie gedacht hatte, desto mehr habe ich gesucht, mich vor voreiligen

etwa vergleichen das Trinkglas bei Overbeck Pompeji Fig. 243, e, S. 320 d. 1. Ausg., und das auch in decorativer Hinsicht beachtenswerthe bei Worsaae N. O. T. 76, n. 312, der Becher auf dem Wandgemälde im Mus. Borb. Vol. IV, t. A = Guhl u. Koner Leb. d. Gr. u. Röm. II, Fig. 470, S. 237 d. 1. Ausg., endlich die beiden Trinkgefässe aus Metall bei Caylus Rec. d'Antiq. T. VII, Suppl., pl. XXXVI, 1 und 2.

Schlüssen zu hüten. Jetzt steht mir dieses Resultat fest, so fest, wie eben ein auf blosser Wahrscheinlichkeitsrechnung beruhendes fest stehen kann, und ich hege um so weniger Anstand, es auch hier zu entwickeln, als ich weiss, dass es selbst Kennern von scharfem Urtheil als nicht unbegründet erschienen ist[1]).

Ich werde mich bei so bewandten Umständen bemühen, meine Untersuchung in möglichst methodischer Weise darzulegen.

Der erste Theil der obigen Frage lässt sich nur dann mit Sicherheit beantworten, wenn der Name des Besitzers oder der Besitzer auf den Sachen selbst angegeben ist; der zweite in diesem Falle nur, wenn es sicher ist, dass die Vergrabung von dem ursprünglichen Besitzer oder den ursprünglichen Besitzern besorgt ist, sonst nur, wenn besondere Documente mit Angabe des Namens des oder der Vergrabenden mit aufgefunden sind.

Es ist nun freilich mit den Silbersachen ein Stück Pergament oder vielmehr Leder zu Tage gekommen, von dem man sogar angenommen hat, dass es beschrieben sei. Das ist schon an sich ausserordentlich unglaublich und jetzt als irrthümlich erwiesen. Also existirt für uns kein solches Document[2]).

---

1) Die folgende Darlegung ist in ihren wesentlichsten Grundzügen schon in der Abendausgabe der N. Hannov. Zeitung vom 16. November mitgetheilt.

2) Das in Rede stehende Stück Leder hat Hauptmann von Dobbeler, nach dessen Angabe es ursprünglich grösser war als jetzt, selbst aus dem Schlamm im Inneren des einen grossen Gefässes hervorgezogen. Er hat keine Schrift darauf erkennen können; ebensowenig Benndorf, der es nachher in Hildesheim besichtigt hat, und R. Schöne und Jaffé, die es in Berlin genau untersucht haben. Jaffé hält es für „Schweinsleder oder dergleichen" und hat bemerkt, dass es auf keiner Seite zum Schreiben geglättet oder zubereitet ist. Schöne meint, dass es vielleicht zum Ueberzuge eines Kästchens gedient habe. Könnte es nicht auch an einem Feldzeichen angebracht gewesen sein? — Wir wollen übrigens nicht verschweigen, dass man in Hildesheim auf dem Leder „Herzok U"

Was dann die Namen anbetrifft, welche sich an einigen von den aufgegrabenen Gefässen finden, so beziehen sie sich, wie oben dargelegt ist, sämmtlich auf die Verfertiger, nicht auf die Besitzer oder Schenkgeber. Wäre dem aber auch nicht so, so würde das nichts verschlagen; denn alle Namenträger sind bis dahin, so viel ich wenigstens sehen kann, durchaus unbekannt.

Da stehen wir gleich am Berge.

Ehe wir nun weiter zu gehen versuchen, wird es zweck-mässig sein, dass wir über die Umstände, unter welchen, und die Beschaffenheit, in welcher die Silbersachen aufgefunden sind, etwas genauer sprechen. Ich gebe, was ich bei meinem Besuch in Hildesheim gehört und gesehen und später durch Erkundigung bei den glaubwürdigsten und einsichtigsten Per-sonen, welche bei der Aufgrabung zugegen waren oder die aufgegrabenen Sachen unmittelbar nachher sahen, in Erfahrung gebracht habe[1]).

Der Fund ist eigentlich durch Zufall gemacht. Man hatte am südwestlichen Abhange des dicht bei Hildesheim belegenen Galgenberges für das dort garnisonirende Bataillon des 79. Re-giments einen Schiessstand hergestellt, als man bemerkte, dass noch nicht Alles gehörig passe, und sich veranlasst fühlte, an der Zielwand weiter zu graben. Da stösst der hiezu befehligte Soldat auf etwas Festes, wie man nach dem Befühlen mit der Hand urtheilen muss: Metall, das aber als solches äusserlich

---

gelesen haben will. Hätte man damit Recht, so liesse sich leicht darthun, dass das Stück nicht zu den Silbersachen gehört haben könne, sondern von der oberen Erdschicht her zwischen dieselben gerathen sein müsse; ein Umstand, des-sen Möglichkeit von einem Berichterstatter, welcher von dem Fundorte genau Bescheid weiss, nicht in Abrede gestellt wird. Jedenfalls bleibt es dabei, dass mit dem Leder für uns gar nichts anzufangen ist.

1) Durch Vermittelung meines Bruders, des Dr. Julius Wieseler in Hil-desheim.

nicht zu erkennen ist, weil es ganz schwarz, oxydirt und mit Erde bedeckt ist[1]). Der Soldat wirft.es bei Seite und gräbt weiter. Darauf wird ein zweites Stück gefunden[2]). Als nun die übrigen Soldaten herbeieilen, nehmen die drei anwesenden Corporäle die Fortsetzung der Ausgrabung in die Hand und stossen auf den Rest der Silbersachen. Man fand die beiden grössten, glockenförmigen Gefässe, zwischen ihnen den weiter unten genauer zu erwähnenden massiven Henkel mit den Schwanenköpfen, die Ueberbleibsel von dem Lampenträger und den Dreifuss, neben ihnen das ebenfalls schon erwähnte Gefäss mit der gravirten und emaillirten oder niellirten Guirlande. Bei diesen drei Gefässen standen auf zwei entgegengesetzten Seiten, so dass jene in deren Mitte befindlich waren, die beiden oben besprochenen humpenartigen Gefässcrusten, welche in je einem rings herumlaufenden Streifen mit Thierfiguren verziert sind. In den beiden grössten .Gefässen lagen die übrigen kleineren Sachen. Diese beiden Gefässe waren aber nicht umgestürzt, um unter ihnen die kleineren Sachen zu bergen, wie man angegeben hat, sondern sie standen aufrecht. Da sie nun mit keinem Deckel versehen waren, so hatten sie sich mit Schlamm gefüllt. Von den in ihnen befindlichen kleineren Gefässen lagen alle Theile, die lösbar waren, Einsätze, Crusten, Henkel, Fussgestelle bunt durcheinander. Auch das neben den beiden grössten Gefässen gefundene stand aufrecht und war mit Schlamm gefüllt. Jenes gilt endlich auch von den beiden Gefässcrusten mit Thierfiguren; aber

---

1) Der betreffende Gegenstand war ein Henkel. Man nimmt in Hildesheim an, dass dieser zu einem der beiden gleich zu erwähnenden Gefässe mit Thierfiguren gehört habe. Dieser Umstand passt sehr wohl zu dem, was in dem Folgenden über die Stelle, an welcher das Gefäss oder die Gefässe mit den Thierfiguren gefunden sei, angegeben werden wird.

2) Jedenfalls eins von den beiden Gefässen mit Thierfiguren.

von der einen war nur noch ein verhältnissmässig kleiner Theil erhalten, die andere war zum Mündungsstück einer sprudelnden Quelle geworden.

Wie an allen Stücken, so war auch an den in den beiden grössten Gefässen befindlichen in Folge der Oxydirung oder der Bedeckung mit Erde von der künstlerischer Arbeit nichts oder so gut wie nichts zu sehen; ja man konnte auch bei diesen Sachen anfangs nicht einmal das Silber als solches erkennen. Alle Sachen lagen etwa 9 Fuss tief unter der Erde.

Dass es sich um Gegenstände handelt, die absichtlich vergraben wurden, um später wieder ausgegraben zu werden, unterliegt gar keinem Zweifel. Es hat aber trotzdem die grösste Wahrscheinlichkeit, dass manche Stücke nicht ganz und unversehrt in die Erde kamen.

Wir signalisiren hier nur Folgendes.

Zu dem massiven Henkel mit den Köpfen eines Wasservogels an den Enden fehlt das Gefäss, ein Eimer, der nicht ganz klein gewesen sein kann. Sollte dieser spurlos in der Erde verschwunden sein? Das ist um so unwahrscheinlicher, als der Henkel leicht von dem Gefässe getrennt werden konnte[1]). Dasselbe gilt in noch höherem Masse in Betreff des glockenförmigen Kraters. Durch die am äusseren Rande dieses be-

---

1) Der in Rede stehende Henkel ist in der Mitte mit einem Ring versehen, vermittelst dessen das Gefäss, zu welchem er gehörte, aufgehangen werden konnte; wie z. B. der an dem Eimer bei Overbeck Pompeji S. 313, Fig. 235, n. c. der ersten Ausg. und die bei Caylus Rec. d'Antiq. II, 125, 1, und Worsaae Nord. Oldsag. 75, 307. Er war, ebenso wie diese, beweglich. Schöne erwähnt a. a. O. ein Gefäss als „bauchig, mit eingezogenem Rand und einem massiven Eimerhenkel, im Uebrigen ziemlich schmucklos gelassen". Ich erinnere mich dieses Henkels nicht; mag auch nicht behaupten, dass eine Verwechselung mit dem erwähnten zu Grunde liege, muss aber ausdrücklich bemerken, dass von diesem das oben im Texte Berichtete bei denen, welche die Silbersachen in Hildesheim beschauten, allgemeine Ueberzeugung war; vergl. auch Benndorf in der Köln. Zeitung a. a. O., n. 10, wo u. n. 16 noch ein Henkel erwähnt wird.

findliche Inschrift erfahren wir, dass er „mit der Basis" 41
Pfund oder dreissig Pfund und ein scripulum[1]) wiege. Unter
der Basis kann nicht der wenn auch besonders gearbeitete,
doch angelöthete Fuss, sondern nur ein zu dem Gefässe gehö-
render, aber mit ihm nicht chemisch verbundener, trennbarer
Untersatz verstanden werden[2]). Von diesem, der nicht von
ganz geringen Dimensionen gewesen sein kann, hat sich auch
nicht die geringste Spur vorgefunden. Von den beiden Gefässcrusten mit den Thierfiguren sind keine massiven Einsätze

---

1) Jenes Gewicht las ich zuerst nach der für mich von einem Mitbeschauen-
den genommenen Copie. Nach einer mir später bekannt gewordenen Abschrift,
derselben, welche Sauppe auf seiner Tafel unter n. 23 mitgetheilt hat, kann
auch an das andere Gewicht gedacht werden. Die Inschrift selbst soll dem
Vernehmen nach später beschädigt sein. — Ich sehe nachträglich, dass Sauppe
S. 380 gesteht, nicht zu wissen, wie die in Rede stehende Gewichtsbezeichnung
zu erklären sei: 30 Pfund und 1 scripulum oder gar 41 Pf. sei ein Gewicht,
das für das Gefäss natürlich viel zu gross sei, und die Angabe eines scripulum
über 30 Pfund noch dazu höchst unwahrscheinlich. Bezüglich des Letzteren
stimme ich ganz mit meinem Collegen überein. Das andere Bedenken wird
durch das gleich im Text zu Bemerkende, schon in dem Zeitungsaufsatz vom 16.
November von mir Hervorgehobene beseitigt.

2) Ueber solche Untersätze: Creuzer Deutsche Schr. II, 3, S. 114 fg., An-
merk. 2. Vgl. etwa Krause Angeiolog. Taf. I, n. 10. Der Fuss, welcher sich
während des Liegens in der Erde abgelös't hatte, ist von C. Becker in Berlin, wie dieser fest glaubt, wieder aufgefunden und nach dessen Andeutung
in unserer Lithographie auf Taf. I mitgegeben. Diese bietet eine Ansicht des
Gefässes von der Seite, an welcher es am Wenigsten gelitten hat. Mein Bruder
schreibt mir, dass, als er die Crusta zuerst gesehen, auf der schadhaften Seite
noch viel mehr sichtbar gewesen sei. Derselbe ist geneigt, aus dem Umstande,
dass der massive Einsatz nur an einer kleinen Stelle gelitten hatte und so dünn
geworden war, dass man durch einen Theil derselben hindurchsehen konnte,
den Schluss zu ziehen, dass die Crusta, so lange sie in der Erde lag, erst ein
ganz kleines Loch hatte, dieses aber beim Ausgraben selbst grösser wurde. Der
unterste Theil des Kelchs dicht oberhalb des Fusses ist auf uns. Taf. I nach
der Ergänzung an den Abgüssen, welche der Hildesheimer Bildhauer Küsthardt
angefertigt hat, wiedergegeben.

vorhanden. Existirten diese etwa nie[1])? Oder ist es wahrscheinlich, dass sie in der Erde verloren gingen[2]). Es giebt eine Anzahl von kleinen Fussgestellen ohne die dazu gehörenden Schalen oder Kelche. Wo sind diese geblieben, die doch entweder massiv oder mit massiven Einsätzen versehen gewesen sein werden und in den grösseren Gefässen geborgen gewesen sein müssten, in denen sich andere, ihnen vergleichbare Stücke trotz des eingedrungenen Schlammes so vortrefflich erhalten haben? Bei jenen humpenförmigen Gefässcrusten und diesen Fussgestellen handelt es sich um Gegenstände, welche leicht von dem, was dazu gehörte, getrennt werden konnten, sowohl wenn dieses absichtlich geschah zum Behufe einer Vertheilung, als auch wenn es unabsichtlich statthatte in Folge eines gewaltsamen Ereignisses[3]). Eher würden wir uns dazu entschliessen können, anzunehmen, dass das neben den beiden grössten glockenförmigen aufgefundene Gefäss mit gravirten Verzierungen und dass der Dreifuss durch Oxydirung in der Erde in ihren jetzigen Zustand gebracht seien, obgleich

1) An diesem Umstande ist bis jetzt meines Wissens nicht gezweifelt worden. Auch Schöne scheint die Sache vorauszusetzen. Ich muss mich, da ich die Originale jetzt nicht aufs Neue untersuchen kann, des Urtheils begeben. Es wäre aber auch wegen der Frage über die Herkunft der betreffenden Gefässe von Wichtigkeit, wenn sich in jener Beziehung etwas Sicheres ermitteln liesse.

2) Ist es glaublich, dass die massiven Einsätze von dem hindurchströmenden Wasser weggefressen seien, wie nach dem, was ich höre, von Einigen, welche die Gegenstände selbst vor Augen gehabt haben, angenommen wird? War überhaupt ein solches Hindurchströmen möglich, wenn sich massive Einsätze, die doch nicht ohne Boden gewesen sein werden, in den Crusten befanden? Jedenfalls nicht eher als bis die Böden in ähnlicher Weise gelitten hatten, wie der S. 46, Anm. 2 erwähnte. Immerhin wäre es ein eigenthümlicher Zufall, dass trotz der totalen Vernichtung der massiven Einsätze die Crusten so wenig gelitten hätten, wie das in Betreff der einen, bezüglich deren es vorzugsweise feststeht, dass durch sie Wasser hinströmte, der Fall ist.

3) In jene Kategorie fällt auch der Pendant zu der Schale mit der Mi-

eine solche Annahme auch ihre Bedenklichkeiten hat[1]), und schwerlich kann man so etwas in Betreff des Lampenträgers gelten lassen, auch wenn von demselben noch mehr als der Fuss erhalten ist[2]).

Mag auch manches Stück mehr oder weniger in der Erde gelitten haben, von manchem Manches in oxydirtem Zustande und in kleineren Bruckstücken noch in der Erde verborgen oder bei der Ausgrabung selbst beschädigt oder durch unberufene Nachsucher abhanden gekommen oder bei dem Transport der Sachen, als sie noch sehr bröckelig waren, oder zuletzt noch durch unvorsichtige Beschauer zerstört worden sein[3]), — für uns genügt die Annahme aller dieser Vorausse-

---

nerva bei Annahme der oben S. 12 fg. Anm. 1, a. E. geäusserten Voraussetzung. Auch Inschriften wie n. 4 und namentlich n. 5 bei Sauppe scheinen auf eben denselben Umstand hinzuweisen.

1) Jenes Gefäss muss ein kraterartiges gewesen sein und etwa so ausgesehen haben wie die bei J. H. Krause Angeiologie Taf. I, n. 16. II, n. 16 und 19, oder wie Taf. II, n. 20 (abgesehen von den Masken). Man müsste also voraussetzen, dass der untere, rundliche Theil und der Fuss durch das Liegen in der Erde vernichtet seien. Oder fände sich dieser, der aller Wahrscheinlichkeit nach angelöthet war, noch vor? Ich will nicht fragen, warum man bei dem Vergraben der Sachen nicht auch in dieses Gefäss einige kleinere Stücke that, wenn der untere Theil desselben vollständig erhalten war. Bei dem Dreifuss handelt es sich hauptsächlich um die Frage, ob die Quer- oder Verbindungs-Stäbe in der Erde so beschädigt sein können, wie es der Fall ist, oder nicht.

2) Selbst wenn die oben S. 9. Anm. 1 geäusserte Vermuthung das Richtige trifft.

3) Nach der Ausgrabung, die gegen Abend statthatte, wurde pflichtgemäss für die gehörige Unterbringung der aufgefundenen Sachen gesorgt. . Zu dem Behufe war es leider nöthig, dieselben, von deren Werth man noch keine Ahnung hatte, in ihrem sehr zerbrechlichen Zustande einem verhältnissmässig weiten Transport auf Karren selbst durch die Strassen der Stadt hin zu unterwerfen. Am folgenden Tage wurden sie nicht angerührt. Am dritten Tage liess man sie durch einen Hildesheimer Goldschmidt und zwei andere aus dem Regimente reinigen. Den Schlamm konnte man bei allen Stücken, die nicht

tzungen nicht, um den jetzigen Zustand der meisten unter den oben signalisirten bloss durch das Liegen in der Erde zu erklären. Dass aber in dieser nichts Bedeutendes zurückgeblieben ist, davon muss sich doch die K. Militairverwaltung vollständig überzeugt fühlen, da sie keine weiteren Nachgrabungen hat veranstalten. lassen[1]).

Nehmen wir nun auch noch an, dass auch für ein anderes Stück oder für ein paar unter dem vorhandenen Material

---

oxydirt waren, leicht abmachen, und einzelne von diesen waren dann ganz blank, z. B. einige von den „Lichtscheerenschiffchen" und den „Vögeltellern", während andere Stücke von derselben Art erst durch weitere Bearbeitung blank wurden. Der massive Henkel sah ebenso schwarz aus, wie die Hermen und Füsse an dem Dreifusse, und wurde erst durch Bearbeitung im Feuer „wie neu". Zu den ersten Stücken, an welchen man Bildwerk erkannte, gehörten die beiden grössten Schalen mit dem Hercules (Taf. III, n. 1) und mit der Minerva (Taf. II). Bei der Reinigung dieser wandte man freilich nicht Wasser an, was für die meisten übrigen Stücke genügte, sondern ein anderes, „unschädliches" Mittel. In der Nacht, die auf den Tag der Ausgrabung folgte, und am nächsten Morgen soll durch einzelne unberufene Nachsucher Manches abhanden gekommen sein. Ich muss glauben, dass das nur kleinere Bruchstücke gewesen sind; die Hildesheimer Fama begnügt sich allerdings nicht damit. Aehnlich verhält es sich mit Gerüchten über andere Personen, betreffs deren ein Artikel der Deutschen Volkszeitung, datirt „Hildesheim, 21 Novbr" Folgendes berichtet: „Von den Soldaten, welche bei der Auffindung des antiken Schatzes gegenwärtig waren, sollen einige in Verdacht gerathen sein, sich Stücke desselben angeeignet und verkauft zu haben. Wie es heisst, sind in der That einige jener Soldaten verhaftet worden; doch soll ihre Schuld nur darin bestehen, dass sie abgefallene kleine Stückchen aufgelesen und mitgenommen haben. Eine wesentliche Beeinträchtigung an dem Kunstwerthe des Fundes soll dadurch nicht herbeigeführt worden sein". Sicher steht, dass durch Hildesheimer Schüler die beiden Henkel des (in Hildesheim ohne dieselben photographirten) Bechers mit den in Masken und Löwenfellen bestehenden Verzierungen aufgefunden sind.

1) Ich habe diese Ueberzeugung von Anfang an getheilt, obgleich Benndorf anderer Ansicht war und noch Schöne sich zu dieser hinneigt. Der oben mitgetheilte Ausgrabungsbericht hat mich noch mehr in jener Annahme bestärkt.

das bisher Vermisste in ähnlicher Weise entdeckt wird, wie das so eben noch in Betreff des Fusses des glockenförmigen Kraters (Taf. I) geschehen ist, so glauben wir doch genügende Anzeichen für die Voraussetzung zu haben, dass die Sachen durch eine gewaltsame Katastrophe hindurchgegangen sind.

Zu dieser Annahme führt, wenn es wahrscheinlich befunden wird, dass dieselben das in Gebrauch stehende Silbergeschirr sei es eines sei es mehrerer Römer waren, auch der Umstand, dass jene, selbst wenn auch nur ein Besitzer vorausgesetzt wird — für welche Annahme kein zwingender Grund, ja nicht einmal vorwiegende Wahrscheinlichkeit vorhanden ist[1] —, auch nicht im Mindesten als ein nur irgendwie voll-

---

1) Zunächst scheint sie die natürlichste zu sein, da ja die Sachen zusammen vergraben waren. So habe ich sie anfänglich gehegt; so hat auch Sauppe sie, unabhängig von mir, ausgesprochen (a. a. O. S. 375 fg.). Das ursprüngliche Zusammengehören in Gruppen von verschiedener Zahl lässt sich für gar manche Stücke durch das Entsprechen von Form, Arbeit, Verzierung, Gewicht, so wie durch die Inschriften nachweisen. Von den Paaren ist schon oben die Rede gewesen. Schöne hebt namentlich in Betreff des Essgeschirrs auch das durchgängige Vorherrschen der Dreizahl hervor (auf welches man schon in Hildesheim aufmerksam geworden war), und spricht demnach von einem Service, das für drei Personen bestimmt gewesen sei. Die Inschriften anlangend, so hat schon Sauppe S. 377 f. Einiges signalisirt. Wir können nicht umhin, eine interessante Bemerkung Schöne's hier mitzutheilen. „Neben den Namen der Verfertiger, oft auch allein kommen noch zahlreiche eingeritzte oder punktirte sehr genaue Gewichtsangaben vor, meist mit einer davorgesetzten Ziffer. Diese Ziffer ist auf den augenscheinlich zusammengehörigen Stücken immer dieselbe; das ihr beigeschriebene Gewicht aber scheint, wie von anderer Seite richtig bemerkt worden, immer die Summe des Gewichts aller jener Stücke anzuzeigen: indem man das Zusammengehörige mit gleicher Bezeichnung versah, gewann man den Vortheil einer leichten Controle. Dass diese Gewichtsangaben für den Verkauf allein oder auch nur vorzugsweise bestimmt gewesen seien, möchte ich bezweifeln. Ohne Frage musste der Sclave, dessen Aufsicht das Silber des Hauses anvertraut war (ab argento), von Zeit zu Zeit Rechenschaft darüber ablegen, und dazu genügte, dass die Gefässe das auf ihnen notirte Gewicht aufwiesen. Auch finden

ständiges Tafelservice und Trink- und Kochgeschirr betrachtet werden können ¹).

Man wird es hiernach wohl gerechtfertigt finden, wenn wir die Annahme theilweise stattgefundener gewaltsamer Zerstörung der Silbersachen bei der folgenden Auseinandersetzung in Anschlag bringen. Indessen kann das, was sich uns aus derselben als das Wahrscheinlichste ergeben wird, auch ohne jene Annahme als solches bestehen.

Fragen wir jetzt zuvörderst ganz im Allgemeinen, in wessen Besitz die Silbersachen unmittelbar vor dieser Katastrophe gewesen seien, so haben wir es mit drei Möglichkeiten zu thun. Sie können gewesen sein 1) der Besitz einiger oder — was in diesem Falle entschieden das Wahrscheinlichere wäre — eines Germanischen Fürsten oder Vornehmen, 2) der Schatz irgend eines Heiligthums, natürlich eines Römischen, 3) das Tafelgeräth, Trink- und Küchenge-

---

sich mit der gleichen Inschrift naturgemäss nur wesentlich gleiche und gleichwichtige Stücke bezeichnet". Aber wie lässt sich darthun, dass alle die einzelnen Gruppen zu einem Ganzen gehörten? Wie erklärt sich — um von Anderem zu schweigen — bei Annahme der Schöne'schen Ansicht über den Zweck der Inschriften der Umstand, dass wenigstens ebensoviele Stücke inschriftlos als mit Inschriften versehen sind? Andere Gründe, welche die Annahme, dass es sich nicht um Silbergeräth handle, welches „für den Bedarf eines Mannes oder einer Haushaltung zusammengebracht war", sehr möglich erscheinen lassen, weiter unten. Inzwischen glaube auch ich jetzt noch, dass die bedeutendste Partie vor der Katastrophe in einem Besitze gewesen ist.

1) Obiges steht wohl so sicher, dass es weiter keines Beweises bedarf. Wie man, den ganzen Fund ins Auge fassend, sagen kann, derselbe enthalte „augenscheinlich ein mit Wahl zusammengestelltes Ess- und Trinkgeschirr", ist gradezu unbegreiflich. Nicht einmal das letztere, so überwiegend es auch vertreten ist, kann als eigentlich vollständig betrachtet werden. Und nun gar das Essgeschirr! Ist es überhaupt glaublich, dass ein Mann, der so viel anderes Silberzeug hatte, selbst Kochgeschirr von Silber, nur ein Service für nicht mehr als drei Personen besass?

7 *

schirr eines Römischen Feldherrn und dieses oder jenes von seinen Officieren[1]).

1. Es ist uns von Tacitus ausdrücklich bezeugt, dass es bei den Germanen silberne Gefässe oder Silbergeschirr überhaupt (vasa argentea) gab, welches ihren Gesandten und Fürsten von Rom her geschenkt worden war. Man hielt aber, wie wir weiter hören, nicht viel auf dergleichen Luxusartikel; achtete sie ebenso gering als das gewöhnliche Geschirr aus Thon[2]).

Wer die erste Angabe des Römischen Geschichtschreibers für vollkommen genau und wahr hält, könnte aus ihr den Schluss ziehen wollen, dass es uns bezüglich des Hildesheimer Schatzes nur zustehe, zwei Möglichkeiten aufzustellen, nämlich die oben an der ersten und an der dritten Stelle aufgeführte, die letztere aber nur unter der Annahme, dass die Sachen von Römern vergraben seien, um sie einstweilen vor Germanen zu bergen und später wieder zu holen. Wir zweifeln

---

1) Die letzteren dürfen doch nicht ganz vergessen werden; ja es lässt sich nicht ableugnen, dass ein oder das andere Stück in dem hier vorausgesetzten Falle, bei welchem es durchaus zulässig ist, mehrere ursprüngliche Besitzer anzunehmen, auch einem Römischen Civilisten angehört haben könne, wie sie z. B. Varus bei sich hatte. Dagegen möchten wir für die erste Kaiserzeit selbst in Betreff der untergeordnetsten Trinkbecher nicht an Besitz von gewöhnlichen Soldaten denken, wenn auch damals die Sache anders stand, als in der frühern Zeit, in welcher nach Juvenal. XI, 100 fg. rudis et Grajas mirari nescius artes Urbibus eversis praedarum in parte reperta Magnorum artificum frangebat pocula miles, Ut phaleris gauderet equus. Zu der Zeit Ammianus Marcellinus' hatten die Soldaten allerdings Trinkbecher aus edlem Metall, und gar solche, die viel schwerer waren als ihr Schwert (vgl. XXII, 4).

2) S. German. C. 5. — Beispiele von Geschenken an Gefässen aus edelem Metalle durch die Römer an fremde Fürsten bieten uns die Schriftsteller schon aus der Zeit der Republik, vgl. Krause Angeiolog. S. 74. Uns stehen zunächst die 582 a. U. zwei Gallischen fratribus regulis geschenkten vasa argentea quinque ex viginti pondo (Livius XLIII, 5).

nicht an Tacitus' Genauigkeit oder Wahrhaftigkeit, der — was wohl zu beachten ist — nur von Silberzeug spricht, was im Besitz und Gebrauch der Menschen war, ohne deshalb von der vollkommenen Richtigkeit der betreffenden Angabe ganz überzeugt zu sein. Wir möchten es nämlich nicht für unbedingt unmöglich halten, dass unter dem Römischen Silbergeschirr, welches zu der Zeit des Geschichtschreibers in Deutschland vorhanden war, dieses oder jenes Stück als Kriegsbeute zu betrachten ist. Aber das verschwieg man den Römern geflissentlich. Sehr wenig würde es übrigens immerhin nur gewesen sein, was von solcher Kriegsbeute in den Gebrauch und Fremden zu Gesicht kam. Wo sie, die von den Germanen in früheren Zeiten ohne Zweifel gemacht war, in der späteren sich befand, darüber giebt uns der Hildesheimer Fund e i n e n besonders augenfälligen Aufschluss, wenn unser unten zu entwickelndes Urtheil über diesen das Wahre trifft.

Jedenfalls war zu Tacitus' Zeit von Rom her geschenktes Silbergeschirr in Deutschland vorhanden. Warum nicht auch schon in früherer, selbst in der, welcher nach unserer Ueberzeugung die Vergrabung der in Rede stehenden Silbersachen zuzuschreiben ist? Stand doch nicht bloss Segestes und seine Sippschaft, sondern auch Inguiomerus und selbst Arminius in früherer Zeit in Verbindung mit den Römern und in Achtung bei denselben[1]). Wir wollen auch zugeben, dass Römlinge, wie Segestes und der später lebende Cheruskerkönig Chariomerus, der wegen seiner Freundschaft mit den Römern von den Chatten der Herrschaft beraubt wurde[2]), auf solche Geschenke als Zeichen allerhöchster Gnade etwas gaben — obgleich uns darüber nichts berichtet wird —; aber schwerlich

---

1) Tacit. Ann. I, 60, II, 10; Vellej. Paterc. Hist. Rom. II, 118. Vgl. auch Wilhelm Germanien und seine Bewohner S. 194, auch S. 195, Anm. 55.

2) Vgl. Cassius Dio R. R. LXVII, 5, T. II, p. 298 Bekker.

werden selbst in der Zeit von Drusus bis auf Varus die Sitten der Germanen, um welche es sich hier handelt, so romanisirt worden sein, dass Römischer Silberluxus auch nur bei einem ihrer Vornehmen im täglichen Leben vorgekommen wäre, und dass derselbe sich veranlasst gesehen hätte, seinen Landsleuten zum Trotz so viel Römisches Silberzeug zu kaufen oder etwa geschenktes und zusammengeerbtes durch weitere Käufe zu vermehren[1]). Man könnte, wenn überall der Gedanke an den Besitz eines vornehmen Germanen Wahrscheinlichkeit

---

1) Ich erwähne nur ungern, dass trotzdem in der That ein Gelehrter wie R. Schöne a. a. O. als die nächstliegende Annahme die betrachtet, „dass der Schatz durch Kauf oder Schenkung in den Händen eines vornehmen Germanen gewesen und durch diesen sorgsam vergraben sei". Er sagt das ganz allgemeinhin, ohne von der durchaus ausnahmsweise dastehenden Person, welche gleich erwähnt werden wird, auch nur eine Ahnung zu haben. Suchen wir nach den Gründen, welche ihn zu einer mit Tacitus' Bericht so wenig harmonirenden Ansicht geführt haben, so finden wir deren zwei, 1. den Zustand des Silbergeschirrs: dieses sei zum Theil stark gebraucht, auch seien einige alte Verletzungen und Ausbesserungen vorhanden, 2. die künstlerische Beschaffenheit der beiden oben besprochenen Gefässe mit den Thierfiguren: die seien „Arbeiten von Barbaren, vielleicht nach fremden Vorbildern, die mit dem Römischen Silbergeschirr vielleicht (?!) zugleich begraben". Wie wenig diese Gründe schon an sich ausreichend sind, liegt wohl auf der Hand. Die Daten werden unten des Weiteren berücksichtigt werden. Hier nur die Frage, ob denn von einem Römischen Silbersachenhandel nach unserem Norden für die Zeit, welche hier in Betracht kommt, eine Spur vorhanden ist, die auch nur im Entferntesten der Schöne'schen Voraussetzung das Wort reden könnte. Allerdings haben wir durch Ausgrabungen in Norddeutschland, auch in dem früheren Königreich Hannover, Kunde von einem Handelsverkehr zwischen Rom und Römern und der Bevölkerung der betreffenden Gegenden, selbst aus der ersten Kaiserzeit; aber die betreffenden Gegenstände sind wesentlich anderer Art oder anderen Materials. An Gefässen und Geräthen aus Bronze fehlt es nicht; aber Silbersachen dieser Art sind so selten — auch in dem sonst so reich ausgestatteten Kopenhagener Museum für nordische Alterthümer —, dass Tacitus' Bericht vollkommen in Ehren bleibt. Dabei fragt es sich zudem noch mehr als bei dem Bronzegeräth, inwiefern nicht etwa auch an verstreute Stücke aus Kriegsbeuten zu denken sei.

hätte, nur auf e i n e Person verfallen, nämlich auf jenen allerdings von Germanischen Eltern abstammenden, aber in Rom
geboren und aufgewachsenen und von daher den Cheruskern zum König gegebenen Italicus[1]). Aber selbst in Betreff
dieses müssen bald Bedenken rege werden, deren beachtens-
werthestes das ist, dass nicht einleuchtet, warum grade nur
Römisches Trink- Ess- und Kochgeschirr vergraben ist[2]).

2. Dass es in Römischen Heiligthümern diesseits der
Alpen nicht an Weihgeschenken von Silber fehlte, welche einem Theile der bei Hildesheim gefundenen Silbersachen ent-
sprachen, kann am Besten der schon früher erwähnte Fund,
den man bei Bernay machte, lehren. Ja wir geben ohne Weiteres zu, dass jene Silbersachen alle recht wohl im Besitze

---

1) Ueber ihn Tacit. Ann. I, 16 und 17. — In diesem Falle würde sich
etwa auch der Umstand erklären lassen, dass in dem Hildesheimer Funde so
manche kleine, aber durch ihr Bildwerk ausgezeichnete Stücke vorkommen,
während sich doch wohl voraussetzen lässt, dass in der Regel die den Germanen
von Rom geschenkten Silbersachen sich besonders durch ihr Gewicht empfohlen
haben werden, und sie sowohl als die auf dem Wege des Handels nach dem Norden
gekommenen, wenn sie mit Bildwerk geschmückt waren, weder durch so bedeutendes in künstlerischer Beziehung, noch durch solches, welches vorzugsweise in Gegenständen aus der Griechischen Mythologie bestand. Ich verweise hauptsächlich
auf die bekannten Römischen Bronzegefässe, welche im Norden gefunden sind.
Ja bei König Italicus liesse sich etwa auch der wegen der Gewichtsangaben
vorausgesetzte silberbewahrende Sclave (s. oben S. 50, Anm. 1) dulden, welcher sonst selbst bei einem Germanischen Vornehmen doch eine mehr als be-
fremdliche Erscheinung sein würde.

2) Hatte der König etwa keine andere Kostbarkeiten zu verbergen, und
zwar — denn vor Römern brauchte er sie nicht zu schützen — vor Germanen,
die doch, nach Tacitus zu urtheilen, nicht vor allen übrigen es grade auf diese
abgesehen haben werden, wenn sie ihnen auch des Silberwerthes wegen ganz
genehm sein mochten? — Ich unterlasse es die anderen Bedenken zu detailli-
ren. Nur das sei noch hervorgehoben, dass, wenn die Sachen auf Italicus' Veranlassung vergraben wären, es sich gar nicht erklären liesse, warum sie nicht
wieder ausgegraben sein sollten.

eines Römischen Heiligthums sein konnten. Dieses müsste etwa bei einem plötzlichen Einfalle, Streifzuge der Germanen in das feindliche Land beraubt worden sein. Wenn man einwenden wollte, dass der Fund bei Bernay doch auch einige silberne Votivbilder des Mercurius geliefert habe — welchem Gotte eben der betreffende Tempel angehörte —, der Hildesheimer aber nichts der Art, so ist darauf gar nichts zu geben; solche Bilder brauchen nicht nothwendiger Weise vorhanden gewesen zu sein, und können, wenn sie vorhanden waren, anderswohin gekommen sein. Inzwischen wäre es doch immerhin merkwürdig, dass der oder die, welche die Hildesheimer Silbersachen aus dem Römischen Heiligthume fortschleppten, gerade nur solche Gefässe und Geräthe nahmen, die zur Herstellung von Gastereien passten, wie sie die Römischen Grossen liebten. Nicht weniger merkwürdig wäre es, dass sich nicht eine einzige Dedicationsinschrift erhalten hätte, deren der Fund bei Bernay mehrere bietet. Ferner müsste das Römische Heiligthum von der Stätte des Fundes etwas weit entfernt gewesen sein. Endlich: der ganze Streifzug muss eben zur Begründung der in Rede stehenden Vermuthung supponirt werden.

Die Ansicht, welche allein auf Wahrscheinlichkeit Anspruch machen kann, ist ohne Zweifel die an dritter Stelle angedeutete. Ist dem aber so, so hat wiederum keine andere Annahme so grosse Wahrscheinlichkeit wie die, dass es sich um Kriegsbeute aus der Varusschlacht handele.

Man bedenke doch nur Folgendes. An einer Stätte, die ganz entschieden dem ehemaligen Cheruskerlande angehört[1])

---

1) Ueber den Umstand, dass die Cherusker in der Gegend von Hildesheim wohnten, verweis't G. A. Lüntzel Geschichte der Diöcese und Stadt Hildesheim Th. I, S. 1 Anm. 1 auf d'Anville Handb. d. alt. Erdbeschr. umgearb. von Heeren I, S. 228; Germania von Mannert S. 120 (S. 94 der zweiten Auflage), vgl. auch S. 97 fg.; Wilhelm Germanien 190 fg., vgl. auch S. 167, vor Allem

und nicht gar fern von der der Varusschlacht liegt, ist eine bedeutende und doch nur als Theil einer noch grösseren zu betrachtende Masse von Römischem Silbergeschirr ausgegraben, welches aus der ersten Kaiserzeit stammt und Spuren einer vorhergegangenen absichtlichen oder unabsichtlichen partiellen Beschädigung bei Gelegenheit einer Vertheilung oder auch des vorhergegangenen Kampfes an sich trägt. Wird man sich ohne Gefahr der Willkür der sich von selbst aufdrängenden Annahme entziehen können, dass es sich um Beute aus der Varusschlacht handele? Oder liesse sich auch nur mit einigem Scheine eine Möglichkeit nachweisen, dass die so beschaffenen Sachen anderswoher rühren könnten?

Ueberblicken wir doch einmal die einschlägigen Ereignisse auf dem Boden Norddeutschlands während der Regierungszeit des Augustus und Tiberius, über welche wir wohl berichtet sind!

Dass an Spolien aus der Lollianischen Niederlage, die den Römern mehr Schimpf als Schaden brachte und von ihren Schriftstellern gewöhnlich mit der Varianischen zusammengestellt wird, nicht zu denken sei, braucht wohl kaum bemerkt zu werden. Allerdings rührte dieselbe hauptsächlich von transrhenanischen Germanen (nach Römischer Sprechweise) her. Aber unter diesen, die schon vorher aus dem cisrhenanischen Germanien und Gallien Beute geholt hatten, waren die eigentlichen Cherusker nicht[1]).

---

auf Zeuss, die Deutschen und die Nachbarstämme 105 fg. Lüntzel selbst bemerkt auf S. 2. in Betreff der Ausdehnung des Cheruskerlandes: „Die südliche Gränze war der Harz, die nördliche scheint ungefähr mit der nördlichen Gränze der Diöcese zusammenzufallen", und dass sie diesen Landstrich zu der Zeit, um welche es sich handelt, innehatten, unterliegt gar keinem Zweifel, wenn auch das Gebiet der Cherusker sich nicht auf ihn beschränkte.

1) Ueber die clades Lolliana und ihre Urheber: Cassius Dio LIV, 20, Vellejus Paterc. II, 97, Sueton. Octavian. XXIII, Tacit. Ann. I, 10.

Claudius Drusus kam einige Male mit den Cheruskern in Berührung. Er schlug sie ausserhalb ihres Landes und nahm ihnen Beute ab; ja zuletzt drang er noch durch ihr Land bis zur Elbe vor, Alles verheerend[1]). Selbst bei dieser Gelegenheit berührte er nach Annahme der besten Forscher die Gegend, in welcher Hildesheim jetzt liegt, nicht[2]). Wenn er längs dem Albis und dem Visurgis — unter welchem Namen bekanntlich auch die Werra miteinbegriffen wird — feste Plätze anlegte[3]), so geschah das also nicht in den Gegenden, auf welche es hier ankommt; auch können dieselben nicht lange bestanden haben und nur während der Zeit, da überall zwischen den Römern und den Cheruskern Friede und Freundschaft herrschten.

L. Domitius Ahenobarbus überschritt in dieser Zeit sogar den Albis. Er kam von den Donaugegenden durch Franken. Mit den Cheruskern, deren südliches, weit von dem jetzigen Hildesheimschen entlegenes, Gebiet er nach der Meinung eines Forschers berührt haben soll, machte er sich so wenig zu schaffen, dass er einige Verbannte dieses Volks nicht selbst, sondern durch Andere zurückführen wollte[4]).

Ti. Claudius Nero unterwarf, als nach dem Tode des L. Domitius unter M. Vinicius ein grosser Krieg ausgebrochen war, in Fortsetzung dieses nach Unterjochung der Caninifa-

---

1) Vgl. J. Flori Epit. II, 30 (IV, 12), p. 118 ed. Jahn., Cassius Dio LIV, 33, LV, 1, Strab. Geogr. VII, 3, p. 291.

2) Lüntzel meint freilich a. a. O. S. 2, Anm. 3: „ob Drusus' Zug, J. 9 v. Chr., nördlich des Harzes, also durch das Hildesheim'sche, wie Mannert S. 71, oder im Süden jenes Gebirges, wie Wilhelm S. 183, 191 will, unternommen wurde, lässt sich nicht entscheiden". Aber Mannert urtheilt in der zweiten Auflage seines Werks S. 55 fg. wesentlich ebenso wie später Wilhelm.

3) Nach Florus a. a. O.

4) S. Tacit. Ann. IV, 44, Dion. Cass. fragm. a Jac. Morellio edita, p. XXXII, LXI, und Wilhelm a. a. O. S. 194.

ten, Attuarer, Bructerer, die Cherusker wieder, ging über den Visurgis und drang tiefer jenseits vor, führte sogar ein Jahr darauf das Römische Heer bis zur Elbe[1]). Auf dem Zuge nach der Elbe berührte Tiberius weiter nach Norden gelegene Gegenden und erlitt keine Niederlage[2]). Wo er vorher mit den Cheruskern zusammenkam und den Visurgis überschritt, steht nicht fest; wie wir denn überhaupt von diesem Umstande nur durch Vellejus Paterculus hören. Gesetzt aber auch Tiberius sei in das jetzige Fürstenthum Hildesheim gekommen — was nicht wahrscheinlich ist —, wie steht es mit der Möglichkeit, dass unsere Silbersachen bei der Gelegenheit hier vergraben wurden? Man müsste einen plötzlichen Ueberfall eines abgesonderten Theils des Römischen Heers, etwa des Trains, durch die Germanen voraussetzen. Aber die Wahrscheinlichkeit solcher Vermuthungen ist eine äusserst geringe. Sachen, wie die Silbergeräthe und Gefässe, von welchen wir handeln, lässt man nicht mit dem gewöhnlichen Train gehen. Man darf vielmehr annehmen, dass sie sich während des Zuges in der Nähe des Eigenthümers, der sie ja wiederholt gebrauchte, befanden. Ganz besonders steht entgegen, dass Tiberius nach Vellejus Paterculus' ausdrücklichem Zeugniss[3]) ein ganz vorzugsweise behutsamer Feldherr war, der vor Allem dahin strebte, dass sein Heer auch nicht den mindesten Schaden und Verlust erleide. Ich schweige davon, dass wir von einem kecken Angriffe der Germanen, wie man ihn doch voraussetzen müsste, kein Wort hören.

Dass endlich auch in den uns am Genauesten bekannten

---

1) Vellej. Paterc. H. R. II, 105 und 106. Vgl. auch Cassius Dio LV, 28.

2) Vgl. Mannert Germania S. 61 fg. d. zw. Aufl. und Wilhelm German. S. 281.

3) Hist. R. II, 97, 4.

Kriegen mit dem Germanicus die Cherusker keine Gelegenheit hatten, eine so bedeutende Masse von Silbersachen zu erbeuten und heimzubringen, das wird wohl jeder Vorurtheilsfreie zugeben. Zudem würde es sich, diesen Fall angenommen, nicht wohl erklären lassen, woher es kommt, dass die bei Hildesheim gefundenen Sachen nur Römische sind. Denn in den Zeiten unmittelbar oder bald nach Germanicus kam kein Römisches Heer in die betreffenden Gegenden[1]), war es also nicht nöthig, grade nur Sachen, die für die Römer ein wesentliches Interesse hatten, zu verbergen[2]); auch finden wir bei keinem Schriftsteller eine Spur davon, dass es den Römern daran gelegen hätte, Dinge, die ihnen in den Kämpfen zwischen Germanicus und den Cheruskern und ihren Verbündeten verloren gegangen wären, wieder zurückzuerhalten; ebensowenig wie dieser Umstand in Betreff früherer Römischer Verluste statthat.

1) Allem Anschein nach geschah das überhaupt nie wieder; wenn nicht etwa nachgewiesen wird, dass sich der Feldzug des Maximinus (Ael. Lampridius in Alex. Sever. 59, Jul. Capitolin. in Maximin. 11, 12 Herodian. VII, 2) oder der auf der alleinigen Auctorität des Eumenius (Panegyr. Constantin. C. 12) beruhende Constantin's des Grossen bis dahin erstreckt habe.

2) Man müsste denn etwa annehmen zu können glauben, dass die Silbersachen im Feldzuge des Jahres 15 von den Cheruskern erbeutet und im J. 16, als Germanicus noch näher an das jetzige Fürstenthum Hildesheim heranrückte, vergraben seien. Aber für die erste Schlacht zwischen Arminius und Germanicus (Tacit. Ann. I, 63) lässt sich doch ein solcher Verlust der Römer nicht voraussetzen. Während des Kampfes mit Caecina (Tac. Ann. I, 64—68), der nach E. von Wietersheim Der Feldzug des Germanicus an der Weser, in den Abhandl. der phil.-hist. Cl. d. K. Sächs. Ges. d. Wissensch. Bd. I, S. 436 zwischen Dülmen und Borken, kaum 6 Meilen vom Rheinufer statthatte, machten die Germanen allerdings Beute (Tac. a. a. O. C. 65); ob aber solche, wie die Hildesheimer Silbersachen, ist sehr zweifelhaft, da sie das Römische Lager nicht einnahmen; und wenn es geschehen sein sollte, würde es doch mehr als fraglich sein, ob sie dieselbe nach Haus gebracht hätten, da sie schliesslich aufs Haupt geschlagen wurden. Endlich die utensilia, welche P. Vitellius im Tieflande an der Seeküste verlor (Tac. Ann. I, 70), wurden nicht von den Germanen erobert, sondern durch eine Springfluth fortgeführt.

Ganz anders steht es mit der Annahme, dass der Hildesheimer Fund mit der Vernichtung des Varus und seines Hee-
res in Zusammenhang zu bringen sei. Auch die sehr wesentliche Aufgabe desjenigen, welcher über die Herkunft des Fundes überzeugend entscheiden will — nämlich die, zu erklären,
wie es komme, dass der Fund nur in Sachen besteht, die von
den Römern herrühren, und zwar allein oder (wenn man
das Stück Schweinsleder mit veranschlagen will) so gut wie
allein in silbernem Trink- Ess- und Kochgeschirr, und darzu-
thun, wie die Folgerungen, welche sich unmittelbar aus diesem Umstand ergeben, zutreffen —, kann, soviel als wir sehen,
nur unter der Voraussetzung, dass es sich um Kriegsbeute
aus der Niederlage des Varus handele, genügend gelöst werden.

Der Umstand, dass die bei Hildesheim vergrabenen Sachen aus der ersten Kaiserzeit nur Römische sind, führt aber
zu der Annahme, dass sie nicht nur den Römern gewaltsam
genommen, sondern auch von diesen eifrigst zurückbegehrt,
von den Eroberern aber sorgfältig gehütet wurden, und diese
zu der weiteren, dass die Vergrabung nicht gar lange Zeit
nach der Wegnahme stattgehabt habe; der Umstand, dass jene
Sachen in Gegenständen bestehen, welche solchen Germanen,
die den väterlichen Sitten treu geblieben waren, bei einer
Verwendung im eigenen Lande wesentlich nur einen ideellen
Werth haben konnten, lässt uns ahnen, dass es sich um Siegstrophäen handle, die nur auf die Niederlage des Varus, den einzigen
glänzenden Sieg der Cherusker zurückgeführt werden können.

Die meisten dieser Annahmen lassen sich noch durch
andere Wahrscheinlichkeitsgründe stützen; gegen keine von
ihnen kann, so viel wir sehen, ein stichhaltiger Grund beigebracht werden[1]).

---

1) Was die von Schöne für die Ansicht, dass die Silbersachen das Haus-
geräth eines vornehmen Germanen gewesen sei, veranschlagten Umstände be-

Doch nun zur Sache im Besonderen!

Bei der Annahme, welche wir jetzt in Betracht ziehen, handelt es sich nicht um ein Heer, das nur in Kriegsunternehmungen herumzog[1]), sondern um ein solches, das längere Zeit in einem und demselben Lager lag, in welchem Lager es, trotzdem, dass es im Feindeslande war, herging wie im Frieden, und das nach-

---

trifft, über welche oben S. 54, Anm. 1 die Rede war, so würde sich der erste, die vermeintliche Barbarische Herkunft der beiden Gefässe mit Thierfiguren, selbst unter der Voraussetzung vollständiger Richtigkeit dieser Annahme schon dadurch genügend erklären lassen, dass bei dem Heere des Varus Barbarische Hülfstruppen waren. Den anderen Umstand, nämlich den, dass das Silberzeug zum Theil stark gebraucht sei und einige alte Verletzungen und Ausbesserungen zeige — welche letzteren Cheruskischen Händen zuzuschreiben doch wohl sehr misslich ist —, würde man mit grösserem Scheine, als ihn die Annahme hat, welche Schöne darauf baut, gegen eine so frühzeitige Vergrabung der Sachen, wie ich sie voraussetze, in Anschlag bringen können, wenn es sich nicht um Gegenstände handelte, die im Besitz von Kriegern und weiten Transporten unterworfen gewesen waren. Weit mehr, als solche Stücke gegen meine Voraussetzung sprechen, zeugen andere vortrefflich erhaltene für dieselbe.

1) In Beziehung auf den älteren Drusus hören wir durch Florus II, 30, p. 118 Jahn.: inde validissimas nationes Cheruscos Suebosque et Sicambros pariter adgressus est, qui viginti centurionibus in crucem actis hoc velut sacramento sumpserant bellum, adeo certa victoriae spe ut praedam ante pactione diviserint. Cherusci equos, Suebi aurum et argentum, Sicambri captivos elegerant, sed omnia retrorsum. victor namque Drusus equos pecora torques eorum ipsosque praedam divisit et vendidit. Dass der kaiserliche Prinz mit Gold- und Silberzeug reichlichst versehen war, versteht sich von selbst; ob er aber Alles, was er davon im Norden bei sich hatte, auch für den Kriegszug mit sich nahm, ist eine andere Frage. Die Sueven hatten ausser den Gold- und Silbersachen, die den torques entsprechen — wie denn die Römischen Heere mit solchem Putz für den Mann und auch das Ross reichlich versehen waren —, etwa auch Geld vorausgesetzt; ob sie zudem auch eine ansehnliche Beute an Gefässen und Geräthen erwarteten, bleibt sehr dahingestellt. — Diese Stelle zeigt uns, nebenbei bemerkt, auch, in welchen Gegenständen der Gold- und Silberbesitz der betreffenden Germanischen Männer zu der Zeit, da Drusus als Eroberer auftrat, wesentlich bestand. Bedeutend wird sich die Sache bei den Cheruskern auch in der folgenden Zeit nicht geändert haben. Wie ganz anders stand es schon 561 a. U., 191 a. Chr. bei den Gallischen Bojern (Liv. XXXVI, 40)!

her, gänzlich vernichtet, Alles, was nicht während der Käm-
pfe selbst zu Grunde gerichtet war, den Siegern als Beute
zurückliess [1]); handelt es sich um einen Heerführer, der Behä-
bigkeit liebte und es sich gern wohl sein liess, und der grosse
Reichthümer besass [2]). Ein solcher Mann wird nicht verfehlt
haben, allen Luxus und Comfort, an den er gewöhnt war, in
jenem Lager beizubehalten. Er mochte auch die Meinung he-
gen, dass er durch seine glänzende Einrichtung den Germanischen Fürsten bei den Gastmählern, die er gab [3]), imponiren
werde. Sein Beispiel kann aber auch auf seine Untergebenen
eingewirkt haben, wenigstens auf die von Rang; zudem befanden sich bei seinem Heere auch Civilisten, die in Betracht
kommen können [4]).

Dass, auch wenn im Heere des Varus noch andere als er
mit Silberzeug versehen waren, doch von den bei Hildesheim
gefundenen Sachen gar manche dem Oberfeldherrn selbst angehörten, ist schon an sich wahrscheinlich. Sollte sich an
keinem Stücke, obgleich durch die Inschriften nichts zu ermitteln ist, eine Spur davon finden lassen, dass es einst in Varus'
Besitz war?

Es giebt in der That unter den aufgefundenen Schalen

---

1) Ueber die Niederlage des Varus hauptsächlich zu vergleichen: Vellej. Paterc. II, 117 fg., Florus II, 30, p. 119 Jahn., Cassius Dio LVI, 18 fg., Tacit.
Ann. I, 55, 59, 61, 71.

2) Vgl. Vellej. Paterc. II, 117, 2, Cassius Dio LV, 18.

3) Tac. Ann. I, 55. — Könnte ich mich übrigens davon überzeugen, dass die Hildesheimer Silbersachen nicht zu einem viel grösserem Ganzen gehört hätten, so
würde ich ihres Metallwerthes wegen mich nicht gedrungen fühlen an Kriegsbeute von Varus und seinem Heere zu denken. M. Antonius, der freilich ein
ausserordentlicher Verschwender war und in anderen Gegenden lebte, hatte nach
Plutarch. Anton. IX, wenn er sich in der Fremde aufhielt, goldene Gefässe
bei sich.

4) Vgl. Mannert a. a. O. S. 63 fg.; auch Florus a. a. O. und Seneca Epist.
47, 10.

zwei, deren Bildwerk in dieser Beziehung einen Schluss zu-
lässt, welcher von Wichtigkeit ist.

Wir meinen die beiden, welche den vollständigsten Pendant bilden, die mit der Cybele und dem Deus Lunus. Dieser letzte erscheint im Europäisch-Griechischen- und Römischen
Bilderkreise erst später und stets für sich allein, und auch so
nur ausserordentlich selten. Keine Römische Inschrift erwähnt,
so viel mir erinnerlich ist, ihn oder ein Heiligthum, einen
Cultus von ihm. Er kommt allerdings auf den Münzen von ein
paar Thracischen Städten vor; ja aus einigen so eben bekannt
gewordenen Griechischen Inschriften ersehen wir, dass er in Attica
verehrt wurde, Aber jene Münzen und diese Inschriften stammen
aus dem zweiten oder dritten Jahrhunderte nach Chr. Geb., und
die Verehrung auf Attischem Boden ging von einem geborenen
Asiaten aus [1]). Selbst für Asien ist seine Verbindung mit
Cybele oder einer ähnlichen Asiatischen Göttin im Cultus und
auf den Denkmälern nicht nachweisbar, obgleich Lunus und
Cybele dort wesentlich in denselben Ländern verehrt wurden,
und es grosse Wahrscheinlichkeit hat, dass die Verbindung,
in welcher wir beide in einem späteren Orphischen Hymnus
finden, auf Asien zurückzuführen ist. Auf eine Zusammenstellung von Lunus und einer Göttin wie Cybele oder eine ähnliche — das kann man wohl mit Zuversicht behaupten — kann
in der Zeit, welche hier in Betracht kommt, ein Europäischer

---

1) Die Münzen gehören den Städten Trajanopolis und Nicopolis ad Nestum
an. Die Inschriften stammen von Laurium und sind von Kumanudis in der zu
Athen erscheinenden Zeitschr. ΠΑΛΙΝΓΕΝΕΣΙΑ, Jahrg. V, 1868, n. 15, vom
23. Septbr, herausgegeben. Nach ihnen errichtete Ξάνθος Λύκιος τὸ ἱερὸν τοῦ
Μηνὸς Τυράννου. Dieser Μὴν Τύραννος ist wohl zu unterscheiden von dem oben
S. 16, Anm. 1 erwähnten Menotyrannus und auch in der aus Kleinasien stammenden Inschrift in Corp. Inscr. Gr. n. 3439 = Texier Deser. de l'Asie min.
T. I, p. 135 = Lebas Voy. en Grèce et en As. min. P. V, p. 212, n. 667 ge-
meint.

Künstler, sei es Griechischer oder Römischer Zunge, von selbst nicht gekommen ·sein; wird ein Römischer Vornehmer, der nicht selbst in Asien lebte, und zwar in einer solchen Gegend, in welcher Lunus überwiegend hohe Geltung hatte, es nimmer abgesehen haben. Varus war aber, ehe er nach Germanien ging, in Asien; er war Statthalter in Syrien[1]).

Die Ueberraschung wird noch grösser, wenn wir Folgendes beherzigen.

Ich habe bis jetzt die mit dem Lunus verbundene Göttin Cybele genannt. Die Büste kann aber eben so gut auf die Syrische Göttin bezogen werden, die, wie wir durch Lucian wissen, auch die Attribute der Thurmkrone und des Tympanum hatte und von Einigen für keine andere als Rhea-Cybele gehalten wurde[2]). Thun wir jenes — wobei die Schlüsse, die wir oben aus der Darstellung der Cybele in Verbindung mit dem Deus Lunus gezogen haben, in voller Kraft auch auf die Dea Syria anwendbar sind —, so haben wir einen noch unmittelbareren Hinweis auf Syrien. Nicht fern von der nordöstlichen Grenze Syriens und von Hieropolis in der Nähe des Euphrat, wo die Syrische Göttin ihre hauptsächlichste Verehrung hatte, lag Carrae, die wichtigste Cultusstätte des Deus Lunus, der aber auch in Syrien selbst verehrt wurde. Hier darf man eine Zusammenstellung der beiden Gottheiten, denen es überdies an Aehnlichkeit in der Bedeutung nicht fehlte, am Ehesten voraussetzen, ohne dass die Ausschliessung des Attis auffallend wäre. Hier wird sich der Besitzer jenes Paars von Schalen dasselbe gekauft haben oder eigens haben machen lassen. Der Umstand, dass die Gewichtsangaben unten am

---

1) S. Vellej. Paterc. II, 117, 2, Tacit. Hist. V, 9, Cassius Dio LVI, 18, nebst L. Müller Numism. de l'anc. Afrique Vol. II, p. 45.

2) Lucian. de Dea Syria c. 15. Auch Münzen von Hieropolis zeigen die Göttin mit der Thurmkrone, ausserdem, wie Cybele, auf einem Löwen sitzend.

äusseren Boden mit Römischen Zeichen angegeben sind, spricht auch nicht im Mindesten gegen unsere Combination [1]).

Wer war nun aber derjenige, welcher die Silbersachen in Folge der Varusschlacht erhielt?

Dass man gar nicht daran denken könne, es seien etwa Römer gewesen, die vor gänzlich beendigter Niederlage sich mit dem Schatze flüchteten und ihn da bargen, wo er aufgefunden ist — es entkamen aber allerdings nicht gerade ganz

---

[1] Ich nehme dabei an, dass Varus Silberarbeiter in seinem Dienste hatte, wie das von andern Römischen Grossen seiner Zeit und einer etwas späteren zur Genüge bekannt ist. Von diesen Künstlern, welche er aus Italien nach Syrien mitgenommen hatte, rühren auch die Gewichtsangaben her. Durch diese einfachste und natürlichste Annahme wird auch anderen etwaigen Einwürfen in Betreff der Arbeit u. s. w. von vornherein die Spitze abgebrochen. Dass die Gewichtsangaben gleich bei Gelegenheit der Verfertigung und nicht erst später gemacht seien, ist doch hier wie in den übrigen Fällen das Wahrscheinlichste. Wie es kommt, dass nach Schöne das eine Relief mit Blei ausgegossen ist, das andere aber nicht, so dass die Schale, in welcher sich jenes befindet, die mit der Cybele, schwerer wiegt als die andere — jene 488 Gr., diese 358 Gr. nach Benndorf —, obgleich das Silbergewicht beider Schalen nach den Inschriften gleich sein soll, ist schwer zu sagen. Allein selbst wenn daraus wirklich folgt, dass das erste Stück nicht durch Kauf erworben, das zweite aber angekauft sei, so würde das unseren Combinationen auch nicht den mindesten Eintrag thun, da ja nichts hindert anzunehmen, dass die durch Kauf erstandene Schale vor der Zeit, da ihr die andere zugesellt wurde, ohne Gewichtsangabe war. Ich will nicht noch den immerhin eigenthümlichen Umstand für mich in Anschlag bringen, dass auf der oben S. 18, Anm. angeführten Münze des Antiochos von Syrien die Sterne an der Mütze des Lunus den Sternen an der Mütze desselben Gottes auf der Hildesheimer Schale mehr gleichen als denen in irgend einer anderen der oben betrachteten Darstellungen; denn das kann sehr wohl reiner Zufall sein. Aber ich glaube auch sagen zu können, dass ich alle Möglichkeiten ins Auge gefasst (auch die z.B., dass die Schalen oder ihre Originale zu den Gefässen gehört haben könnten, die 622 a. U. mit der reichen Attalischen Erbschaft nach Rom kamen und hier versteigert wurden, Plin. N. H. XXXIII, 148 fg.), allein keine gefunden habe, die mit der, dass es sich um Gegenstände handle, die von einem vornehmen Römer aus Syrien nach Germanien mitgebracht seien, an Wahrscheinlichkeit zu vergleichen wäre.

Wenige vom Römischen Heere[1]) —, das scheint so klar, dass es nicht nöthig ist, darüber ein Wort zu verlieren. Spricht doch schon die Lage des Fundorts zur Genüge dagegen.

Die Sachen fielen nach der Niederlage einem Germanischen Stamme oder Volke, oder dem Fürsten dieses, oder auch einem hervorragenden Edlen aus ihm zu; andere dazu gehörende etwa Anderen. An ein genaues Sondern alles Zusammengehörigen wird eben nicht gedacht sein[2]).

Das Volk kann nur das der Cherusker gewesen sein. Das erhellt eben aus dem Umstande, dass dieses Volk grade in der Gegend wohnte, wo die Silbersachen wieder aufgefunden sind. Dazu passt es aber ganz vortrefflich, dass eben den Cheruskern hauptsächlich das Verdienst des Sieges zukam. Unter ihnen ragt aber wiederum einer durch Stellung und Verdienst so hervor, dass man, wenn man den Besitz auf einen Einzelnen beschränken will, nur an ihn denken kann: ihr Fürst, der Held des Tages, Arminius[3]).

Aber es ist sehr die Frage, ob selbst einem solchen Manne, der doch auch ein Sterblicher war, ein solcher Beuteantheil zu Theil geworden sei. Erinnert man sich daran, dass Gegenstände, die bei dem besiegten Feinde in besonders hoher Achtung standen, wie die Feldzeichen, von den Germanen ihren

---

1) S. Tacit. Ann. I, 61, II, 15, Mannert a. a. O. S. 67 fg.

2) An dem Aufstand gegen Varus betheiligten sich ausser den Cheruskern die Chatten, Bructerer, Marsen, Tencterer, und vielleicht noch eine oder die andere Germanische Völkerschaft. Die Beute, welche übrigens durch das Verbrennen eines Theils des Gepäcks, das in dem Train war, geschmälert wurde, ging also in ziemlich viele Theile. Dass nicht Jeder nahm, was er nehmen konnte, sondern eine eigentliche Vertheilung statthatte, erhellt aus Tac. Ann. I, 59 u. 51.

3) Ausser Arminius könnte wohl nur Inguiomerus in Betracht kommen, von dem wir nach Tacitus' Bericht, dass er zu Maroboduus, dem Gegner Arminius', übergegangen sei (Ann. II, 45), nichts weiter hören. An Segestes und seine Sippschaft kann wegen Tac. Ann. I, 57 nicht gedacht werden.

Göttern dargebracht wurden[1]), so kommt man leicht auf den Gedanken, dass so etwas auch in Betreff solcher Werthsachen, wie sie der Hildesheimer Fund enthält, stattgehabt haben möge, zumal da diese mit jenen auch das gemein haben, dass sie für Germanen von echter alter Sitte, denen die Möglichkeit und gewiss auch der Wille fehlte, sie um einen guten Preis schnöde zu verkaufen, keinen besonderen Werth haben konnten[2]). Dazu kommt, dass bei den alten Germanen der Gebrauch, den Göttern Gold und Silber zu weihen, sich auch sonst nachweisen lässt[3]). Wenn es endlich freilich nicht un-

---

1) Vgl. Tac. Ann. I, 59 und unten S. 71, Anm. 1.

2) Ausserdem wissen wir, dass die höchsten Siegestrophäen, welche die Germanen erbeutet hatten, drei Römische Adler, im Besitze der Chatten, Bructerer und Marsen waren, (s. Cassius Dio LX, 8, Tacit. Ann. II, 25 und I, 60). Tacitus lässt Ann. I, 59 den Arminius selbst sagen: cerni adhuc Germanorum in lucis signa romana, quae diis patriis suspenderit. Darunter sind gewiss vorzugsweise jene Adler gemeint, die Tacitus auch von den Römern besonders hervorheben lässt (Ann. I, 61), s. auch unten S. 71, Anm. 1. Daneben können auch untergeordnete Feldzeichen verstanden werden, deren ohne Zweifel noch mehrere erbeutet wurden als Adler. Wenn auch die Cherusker davon für ihre Heiligthümer erhalten hatten, so ist es nicht unwahrscheinlich, dass sie ausserdem durch einen grösseren Antheil an einer anderen, nach ihrer Anschauung mehr ideellen Sorte von Beute entschädigt wurden, nämlich durch Silbersachen wie die des Hildesheimer Fundes. Sicherlich hatte Arminius seine bestimmte politische Absicht, indem er jenen drei Völkern bei der Beutevertheilung vor seinen Cheruskern den Vorzug gab, wozu er doch sicherlich nicht gezwungen war, auch wenn etwa grade jene drei die Adler genommen haben sollten; aber eine Compensation wird den Cheruskern zu Theil geworden sein, mit welcher von ihnen wiederum mehr als ein Heiligthum zu bedenken war; denn wenn die Heiligthümer anderer Völker Siegstrophäen erhielten, konnten die der Cherusker um so weniger unberücksichtigt bleiben. Worin die spolia Varianae cladis bestanden, welche Segestes und seine propinqui et clientes bei sich führten, als sie sich den Römern übergaben, ist allerdings nicht mit Sicherheit zu sagen. Zunächst ist aber wohl an Waffen zu denken, und, insofern Gegenstände aus edelem Metalle darunter waren, an Schmucksachen (s. S. 62, Anm. 1).

3) In den Ann. Lauriss. major. bei Pertz Monum. Germ. scr. I, p. 150

möglich, aber doch auch nicht grade vorzugsweise wahrscheinlich, jedenfalls misslich ist, vorauszusetzen, dass Arminius oder

---

lesen wir von Karl dem Grossen: Aeresburgum castrum coepit, ad Ermensul
usque pervenit, et ipsum fanum destruxit, et aurum vel argentum, quod ibi
repperit, abstulit. Dies geschah im J. 772. J. Grimm meinte Deutsch. Mythol.
S. 106, der hier erwähnte Gold- und Silberschatz möge sagenhafte Ausschmü-
ckung sein; aber ohne alle Berechtigung, wie so eben auch Karl Freiherr von
Richthofen Zur Lex Saxonum, S. 181, Anm. 2 bemerkt hat. Im J. 776 wurden
Liudger und andere Geistliche nach dem noch heidnischen Friesland geschickt,
ut destruerent fana deorum et varias culturas idolorum in gente Fresonum. Sie
brachten dem Alberich, welcher sie geschickt hatte, magnum thesaurum, quem
in delubris invenerant, ex quo Karolus imperator duas partes accepit, tertiam
vero partem ad usus suos Albricum recipere praecepit (Vit. Liudgeri bei Pertz
a. a. O. II, p. 408). In einem Heiligthum befand sich vermuthlich auch der Fund
von Lengerich, wie denn schon Fr. Hahn in der oben angef. Schrift über denselben S. 9 bemerkte, „der sehr merkwürdige Umstand dass zwei an sich so
bedeutende Schätze auf demselben Platze verborgen wurden, müsse zu dem Gedanken führen, dass dieses nicht absichtlos ges chah, sondern dass diese Stätte ganz
besonders dazu auserwählt, dieselbe deshalb vielleicht eine Art von Heiligthum
für die damaligen Bewohner jener Gegend gewesen sei". Freilich wäre, wenn es
mit Hahn's Ansicht seine Richtigkeit hätte, das Verhältniss ein etwas anderes
als in den eben angeführten beiden Fällen und in dem, welchen wir oben im
Texte vorausgesetzt haben. Es handelte sich nämlich um Deposita, die der Sicherheit wegen in das Heiligthum gegeben wären, wie das auch aus dem classischen Alterthume bekannt ist. Aber es fragt sich, ob die „zwei Schätze" doch
nicht vielmehr Besitz des Heiligthums selbst waren. Der eine bestand in einer
grösseren Quantität Römischer Silbermünzen aus den Zeiten der Antoninen, welche im reinen Sande, bedeckt von einer kleinen Bronzeschale, unter einem grossen Feldsteine lagen; der andere aus zwei, wie Hahn annimmt, zusammengehörigen, jedenfalls gleichzeitigen Werthsachenhaufen, die an benachbarten Stellen,
auch zu oberst von je einem grossen Steine bedeckt, gefunden wurden, und zwar
eines Theils Schmucksachen von Gold und einige Goldmünzen von Constantinus
Magnus und dessen Söhnen, die zunächst unter künstlich zusammengehäuften
kleinen Steinen niedergelegt waren, anderen Theils mehrere Silbermünzen von
Magnentius, welche zunächst mit den Bruchstücken einer flachen silbernen
Schale bedeckt waren. Man sollte doch meinen, dass wenn Leute, die nicht zu
dem Heiligthum gehörten, ihre Kostbarkeiten in diesem durch die angegebene
Weise der Verbergung genügend geschützt erachten konnten, Letzteres recht

ein anderer Cheruskischer Edler seiner Zeit in der Gegend gewohnt habe, wo die Fundstätte liegt, so hat dagegen die Annahme, dass daselbst ein heidnisches Heiligthum bestanden habe, etwas sehr Scheinbares und Einleuchtendes, da ja christliche Heiligthümer an die Stelle von heidnischen zu treten pflegten und Hildesheim eine sehr alte Stätte des christlichen Cultus ist. So entscheiden wir uns durchaus für die Annahme, dass es sich um einen Theil der Siegesbeute handele, welcher der Gottheit dargebracht war[1]).

Und warum und wann wurde derselbe verborgen?

Nach Varus' Niederlage kam die Rachenahme durch Germanicus. Während dieser vergrub man, wie man es auch in

---

wohl auch in Betreff des göttlichen Eigenthums angenommen werden dürfte. Ausserdem spricht doch wohl die Verschiedenheit der Zeit, aus welcher die beiden Schätze stammen, mehr für die Annahme, dass es sich um Besitz des Heiligthums handele, der, wie er diesem zu verschiedenen Zeiten und bei verschiedenen Anlässen oder von verschiedenen Personen zukam, auch getrennt aufbewahrt wurde. Bei der Annahme von Deposita müsste man ja voraussetzen, dass deren Wiedernahme zu zwei verschiedenen Zeiten verhindert oder vergessen worden sei, und das in Betreff des zweiten Schatzes sogar für zwei verschiedene Personen. Die Annahme von Heiligthumsbesitz macht nur die Voraussetzung einer einmaligen Verhinderung nöthig. Auch die aufgefundenen Gegenstände selbst sprechen wenigstens ebenso sehr für Gaben an das Heiligthum als für Gegenstände, die in demselben nur niedergelegt werden sollten.

1) Es liegt sehr nahe, den Hildesheimer Schatz mit dem bei der Irminsäule (s. die vor. Anm.) in Zusammenhang zu bringen. So hat denn dem Vernehmen nach G. A. B. Schierenberg zu Meinberg die Ansicht geäussert, „jenes Silbergeräth sei der Tempelschatz der Irminsäule, welchen die Sachsen im Jahre 772 nach Hildesheim flüchteten und dort vergruben". Aber dieses Letztere ist eine rein aus der Luft gegriffene Annahme. Warum sollten die Sachsen, wenn sie jenes thaten, das Gold und Silber, welches Karl d. Gr. bei der Irminsäule noch vorfand, haben liegen lassen? Dagegen ist es ganz wahrscheinlich, dass das Heiligthum der Irminsäule auch einen Antheil von der Beute an Gold und Silber aus der Varusniederlage erhielt, und keinesweges unmöglich, dass dieser noch zu der Zeit Karls d. Gr. vorhanden war.

anderen Fällen that[1]), diese Beute; weniger des Silberwerthes wegen, als um der Zeichen des herrlichen Sieges über die Römer[2]), nach deren Wiedererlangung diese ganz besonders trachteten[3]), nicht verlustig zu werden[4]).

Warum sind denn aber die Sachen nach dem Abzuge der

---

1) So vergruben die Marsen Varianae legionis aquilam in einem Haine, in welchem jener Adler sicherlich der Gottheit von ihnen geweiht worden war (Tac. Ann. II, 25). Dass dasselbe oder Aehnliches noch öfter geschehen sein wird, erhellt aus dem Umstande, dass wir so wenig von der Wiedererlangung von Beutestücken aus der Niederlage des Varus, die den Römern werthvoll waren, durch Germanicus hören.

2) Als wichtige Siegestrophäen konnten die Silbersachen ganz besonders dann gelten, wenn sie dem Oberfeldherrn ganz oder zum Theile angehört hatten.

3) Vgl. namentlich Tacit. Ann. II, 25; auch I, 60 und Cassius Dio LX, 8, und Tac. Ann. I, 57.

4) Wenn von Jemand geäussert worden ist, die Römer seien nie in die Nähe des jetzigen Hildesheim gekommen; also habe ein hier Wohnender auch nie Veranlassung gehabt, Schätze aus Furcht vor den Römern zu vergraben, so ist die Schlacht auf dem campus Idistavisus nicht gehörig in Anschlag gebracht. Mag man diesen zwischen Minden und Hameln setzen, wie u. A. Wietersheim thut a. a. O. S. 449 fg., welcher meint, das Schlachtfeld sei bei Hessisch Oldendorf in der Mitte zwischen Rinteln und Hameln zu suchen; oder nordöstlich von Minden, wie früher und wiederum in der letzten Schrift über diesen Gegenstand von Bömers Campus Idisiavisus, Gütersloh 1866, geschehen ist, nach dessen Ansicht sich dieser campus am rechten Weserufer vom Mindener Bahnhofe bis zum Steinhuder Meere hinzog, — in jedem Falle lag die Stätte der Niederlage der Germanen nicht gar fern von der Fundstelle der Silbersachen, und auch ganz so, dass man hier recht wohl befürchten konnte, Germanicus werde bei etwaigem weiteren Vordringen in das Cheruskerland die letztere berühren. Nach dieser Niederlage ward das Germanische Heer durch das letzte Aufgebot wieder ergänzt; selbst diejenigen, welche das wehrpflichtige Alter noch nicht erreicht oder schon überschritten hatten, griffen nun zu den Waffen (Tac. Ann. II, 19, Wietersheim a. a. O. S. 462). Zu diesen kann der Priester des Heiligthums, in welchem die Silbersachen sich befanden, gehört haben, der nicht unterlassen haben wird, bei seiner Entfernung von demselben den Schatz zu bergen. Er ging eiligst in einen Kampf auf Leben und Tod, der sich rasch entscheiden musste. Dem entspricht ganz die Art und Weise, wie die Hildeshei-

Römer nicht wieder ausgegraben und als Siegestrophäen benutzt?

Man braucht — um den Fall zuerst zu berücksichtigen, dass man den Gedanken an den Besitz eines edlen Cheruskers wie Arminius auch jetzt noch fest halten will, — durchaus nicht anzunehmen, dass dieses deshalb nicht geschehen sei, weil der Besitzer in der Schlacht auf dem campus Idistavisus oder in der darauf folgenden den Tod gefunden habe. Man bedenke doch nur, dass schon vor der Varusschlacht zwischen Segestes und Arminius ein grelles Zerwürfniss statthatte[1]); dass Tiberius nach den Siegen des Germanicus die Rückkehr dieses durch die Bemerkung motiviren konnte, man könne die Cherusker und die übrigen Rebellenvölker, da die Römer genügende Revanche bekommen hätten, den inneren Zwistigkeiten überlassen[2]). Kurz nachher finden wir selbst Inguiomerus, den Vatersbruder des Arminius und dessen treuen Helfer in den Schlachten gegen Germanicus, in heller Feindschaft gegen den Neffen, so zwar, dass er mit einer Mannschaft von Schützlingen zu Maroboduus entflieht und diesem im Kriege gegen Arminius beisteht[3]). Nachdem Maroboduus zurückgeschlagen ist, kommt Arminius durch sein Streben nach der Königswürde, wie es heisst, mit seinen Landsleuten in Conflict; es entbrennt ein förmlicher innerer Krieg, in welchem mit abwechselndem Glücke gekämpft wird, bis der Befreier Germa-

---

mer Sachen vergraben sind: nicht ohne eine gewisse Sorgsamkeit, aber in aller Eile und in der Voraussetzung, dass dieselben entweder bald wieder ausgegraben werden könnten, oder nichts darauf ankomme, wenn sie, im Falle dass sie dem Vergrabenden oder seinem Volke nicht wieder zu Theil werden sollten, durch längeres Verborgensein in der Erde Schaden erhalten würden.

1) Tacit. Ann. I, 55.
2) Tac. Ann. II, 26.
3) Ann. II, 44 fg.

niens durch Hinterlist seiner Verwandten umkommt[1]). Nach seinem Tode dauern die inneren Zwistigkeiten fort. Nicht dreissig Jahre sind verflossen, und die Cherusker haben durch innere Kriege ihre Edlen verloren[2]). Dann erbaten und erhielten sie von Rom einen König. Später, unter Domitianus, finden wir einen anderen Römling als ihren Herrscher. Wie es mit den einst so mannhaften Cheruskern zu der Zeit stand, als Tacitus seine Germania schrieb, sehen wir aus dem sechsunddreissigsten Capitel derselben.

In der That hatte Arminius, wenn er die Hildesheimer Silbersachen als seine Siegesbeute hatte vergraben lassen, keine Musse und Veranlassung, sie wieder ausgraben zu lassen, um sich und seine Landsleute durch Römische Trophäen zu erfreuen. Wenn aber von denen, die ihn überlebten, auch mehrere den Ort kannten, wo der Schatz geborgen war, so hatten die noch weniger Grund, denselben zu heben, wohl aber Veranlassung, aus Rücksicht auf die Römer ihn liegen zu lassen. So konnte der Schatz allmälig in Vergessenheit gerathen.

War die Vergrabung durch eine uns unbekannte Person, wie der Priester des Heiligthums, von dem oben die Rede war, besorgt, so lässt sich ausserdem noch annehmen, dass diese in der Schlacht den Tod fand und mit ihr die Kunde von dem Schatze verloren ging.

---

1) Tac. Ann. II, 88.
2) Tac. Ann. XI, 16.

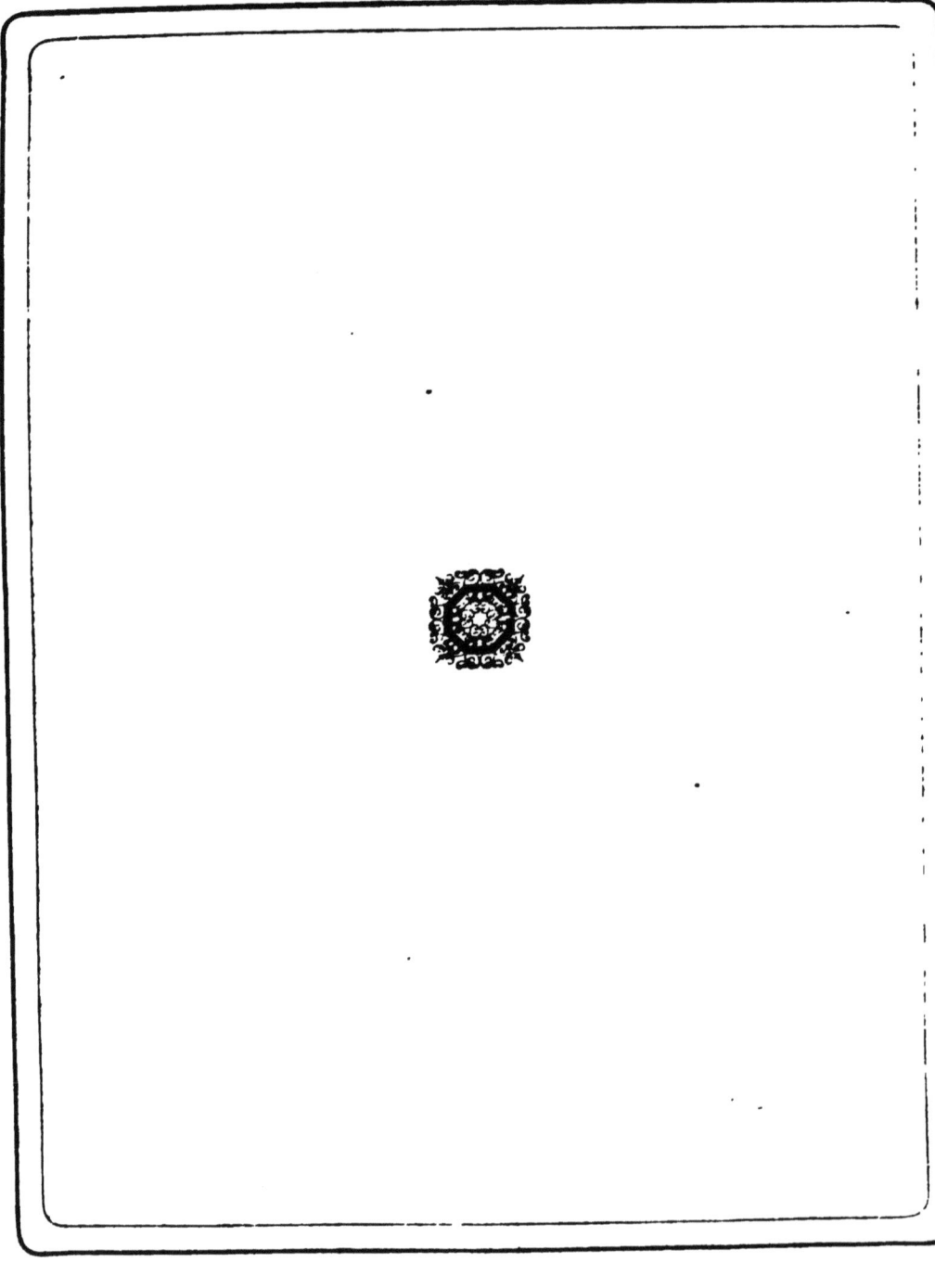